「どこを虐めてほしいんだ？言ってみなさい」
「……もう、やだ……やだっ……」

SHY NOVELS

甘い雫の満ちる夜

和泉 桂

イラスト 佐々成美

CONTENTS

甘い雫の満ちる夜

1

冬の陽は落ちかけており、吐き出す息は真っ白だった。

裸足《はだし》で路地を走ると、膚《はだ》に小石が突き刺さるようだ。やわらかな皮膚が切れ、知里《ちさと》の足には血が滲《にじ》んでしまっている。

「待ちやがれ、この餓鬼《がき》！」

背後から男の野太い怒鳴り声が聞こえてきて、知里はもつれそうになる足を叱咤《しった》しながら、必死になって走り続けた。

逃げて、逃げて、どこまでも逃げなくては。

足を止めたら最後、あのいやらしい中年男に捕まってしまうことだろう。

――躰《からだ》を売れなんて、冗談じゃない！

十四歳にもなれば、いくら知里にだって「躰を売る」という言葉の意味くらい、わかるようになる。

上州《じょうしゅう》の片田舎からこの帝都・東京に連れてこられて、二日目。

女衒《ぜげん》の隙《すき》を衝《つ》いて逃げ出してきたのはいいが、すぐに見つかってしまったのだ。

向こうの角から、にぎやかな話し声と轡《くつわ》の音が聞こえてくる。人が多い場所ならば、紛《まぎ》れ込めるかもしれない。知里は咄嗟《とっさ》にそう判断し、そちらを目指した。

角を曲がると、道路には立派な馬車や人力車が何台も停《と》まっており、そこから洋装の人々が降りてくるところだった。

知里は思わず舌打ちする。

薄汚れた粗末な着物姿の自分はあまりにも場違いで、これでは人混みに紛れることは不可能だ。かといって速度を緩めたら、今度こそ捕まってしまうだろう。

右往左往しながら、その場を走り抜けようとしたとき。

知里の左側に停まっていた一頭立ての馬車の半開きだった扉が、大きく開いた。

「うわっ！」

それを避《よ》けようとした知里は、よろけて勢いよく尻餅《しりもち》をついてしまう。

あまりの痛みに、すぐには立ち上がることができなかった。

「これは申し訳ない」

硬質の声が鼓膜をさらりと撫でる。そのくるんとした大きな瞳で馬車から降りてきた男を睨みつけようとした知里は、思わず息を呑んだ。

瓦斯燈《ガスとう》の滲んだ光に照らし出された男の顔立ちが、驚くほどに端整だったからだ。

「立てるか?」

男は迷うことなく、知里に手を差し伸べてきた。

しかし、その手を借りる理由などあるはずもない。自力で立ち上がった知里は、彼を押しのけようとした。

「どけよ!」

「待て。足を怪我《けが》しているみたいだな」

男はこちらを一瞥《いちべつ》し、知里のほっそりとした腕を掴んでその場に引き留めた。

「あんたには関係ないだろ!」

「君に怪我をさせたのだから、関係ある」

思わず聞き惚れてしまうような、凛《りん》とした声音だった。

「これは元々だし、とにかく追われてんだ! 離せよ!」

「追われている? 何か盗んだのか?」

彼は微かに眉をひそめた。

「そんなことするもんかっ! 人買いに……」

そう言いかけて、知里ははっとした。こんな言い合いをしているのは、時間の無駄だ。

「ならば、この中に入りなさい。……正実《まさみ》、彼を頼む」

彼は、逃げ出そうとした知里の腕を掴む手に、力を込める。

「何するんだよっ」

彼は有無を言わせずに知里の躰《からだ》を軽々と抱き上げ、開いていた扉から馬車の中に押し込めてしまう。屋根つきの馬車の中には、今《いま》し方《がた》『正実』と呼ばれた洋装の青年が座っており、彼は知里を見て優しげに微笑んだ。

綺麗《きれい》な人だった。その膚は白磁《はくじ》のようで、薄汚れて日焼けした知里とは全然違う。

「あの…っ！」

彼は唇にそうっと人差し指を当て、こう囁《ささや》いた。

「静かに。外から見えないように、身を屈《かが》めておいで。あの方が何とかしてくれるから」

「あの方？」

「秋成《あきなり》様——広瀬《ひろせ》秋成様だよ」

確かに、今頃はあの女衒《ぜげん》もこの近辺にいることだろう。

下手に逃げ出すよりは、『広瀬』が自分を庇《かば》ってくれることを信じて、この場をやり過ごすほかなかった。

もう一度足下にうずくまるように指示されて、知里も渋々《しぶしぶ》正実の言い分に従う。

四人乗りの馬車は、案外窮屈《きゅうくつ》なものだ。縮《ちぢ》こまって床に座っていると正実の足にぶつかり、彼は「ごめんね」と申し訳なさそうに呟《つぶや》いた。

深呼吸を繰り返しているうちに、知里もようやく耳を澄ます余裕ができてきた。

遠くから聞こえてくる異国の旋律《せんりつ》は、逃げることに疲れきった知里の心を慰撫《いぶ》するように華やかで、そして甘い。

すぐに先ほどの男——広瀬が馬車に乗り込んできて、知里の頭を軽く撫でる。

「じっとしていなさい」

頭に、何か大きな布きれをかけられた。おそらく外套《がいとう》だろう。よほどいい布地を使っているのか、それは思ったよりもずっと軽くて暖かかった。

「ここ、どこ?」

小声で尋ねると、「鹿鳴館《ろくめいかん》だよ。わかる?」とささやかな返事が戻ってきた。

彼の言葉に思わず外を見たくなったが、そんなことをしてはすぐに見つかってしまう。知里はその衝動をぐっと堪《こら》えた。

帝都や鹿鳴館の華やかな様子は、知里も村で嫌というほど聞かされた。

知里の住む村の大半は貧しい小作農で、人々は貧苦に喘《あえ》いでいる。殊《こと》にここ数年は不作続きで、豪農《ごうのう》以外は食うにも困る有様だ。それは、知里の家も例外ではなかった。

このままでは一家で首を括《くく》るほかないのではないかと悲観していた折り、木内《きうち》は村に現れた。工員を募集していた木内は、言葉巧みに東京の素晴らしさを喧伝《けんでん》した。

特に、三年前の明治十六年にできた鹿鳴館のことを、木内は熱っぽく語ったものだ。帝都には立派な西洋風の館が造られ、そこでは夜《よ》な夜《よ》な華やかな舞踏会が開かれているのだと。

工場で働けば、すぐに金を貯めることができる。前借りすることになる支度金《したく》さえ返せば、実家にも送金できるようになる。

知里はその言葉を信じ、幼なじみ数名と村を出てきたのだ。

しかし、木内は知里一人を仲間から引き離し、別の店に連れていった。

そして、わけもわからず呆然とする知里に、彼は下卑《げび》た顔つきで躰を売れと脅《おど》してきたのだ。

『女衒《ぜげん》』とは女性を売買する連中を指すのだと、知里はそのとき初めて知った。

思い出すだけでも、むかむかとして腹が立ってくる。

「おい。今日は気が変わったから、家に戻してくれ」

御者《ぎょしゃ》に声をかけた広瀬を、あの女衒が濁声《だみごえ》で呼んだ。

「――広瀬様！」

びくっと躰が震える。

最悪の状況だった。

よりによってこの広瀬という男は、木内と知り合いじゃないか！

だったら、彼が自分を庇ってなんてくれるわけがない。

彼らにとって、知里は見ず知らずの子供だ。厄介ごとに巻き込まれたくなければ、木内に知里の身柄を引き渡すに決まっている。

「おや、木内じゃないか。どうかしたのか？」

「どうもこうもありませんよ。買ってきた子供に逃げられちまって」

「それは気の毒なことだ。らしくない失態《しったい》だな」

「なかなか可愛い顔で、上玉になると思ったんですが……見かけやせんでしたか?」

「残念ながら」

外套の中に潜んでいた知里は、広瀬の答えにその大きな目を更に見開いた。

どう考えても、逃げ出した子供とは知里のことだ。よほどの馬鹿でない限り、木内の捜しものが知里であるとわかるはずなのに。

「そうですか? 広瀬様のお眼鏡《めがね》にも適《かな》うだろうと思ってたんですがねえ」

含みのある口調で、木内は広瀬に揺さぶりをかける。

知里の全身を、嫌な汗がじっとりと濡らした。

「そこまで言うからには、相当な上玉と見える。見つかったら、是非《ぜひ》、水揚《みずあ》げをさせてもらおう。今日は力になれなくて申し訳ない」

広瀬の声は決然としており、詮索《せんさく》を許さない。

——嘘……だろう? まさか、この人が庇ってくれるなんて。

「では、これで失礼するよ」

やがて、がらがらという音とともに馬車が走り出した。

「もう、大丈夫。出てもいいよ」

正実の声に、知里はおそるおそる外套の中から顔を出した。

車内に据《す》えられたランプの灯《あか》りの下で、知里は再び広瀬の顔を直視することになった。

格好いい人だというのが、率直な感想だった。

二十代後半か、三十代くらいだろうか。正実よりは、年上に違いない。ほっそりとしてどこか女性的な正実と違い、広瀬は長身にしなやかな体躯《たいく》を持ち合わせた男前だった。彫りの深い目鼻立ちも、尖《とが》った鼻梁《びりょう》も、それぞれの造型が完璧なように思える。

「……どうも、ありがとう。そろそろ降ろしてくれる？」

広瀬を見ていると、なぜか緊張してしまって、ぶっきらぼうな礼しか言えなかった。

「木内の捜していた子供とは、おまえのことか？」

知里はそれに曖昧《あいまい》に頷いた。

「ならば、よけいにここで降ろすわけにはいかない」

広瀬はしれっとした口調で言いきると、唇を綻《ほころ》ばせて皮肉っぽい笑みを作る。

「なんで……？」

「おまえは私の家に連れていく」

「いいから、降ろせよ！」

まさか自分は、木内よりもよほどたちの悪い相手に捕まってしまったのだろうか。

「恩人に向かって大《たい》した言いぐさだな」

「お礼は言ったじゃないか。降ろしてくれないなら、飛び降りる」

広瀬の嫌みにむっとした知里は、傍らの扉に手をかけて、そこで躊躇《ためら》った。

扉を開けようにも内側には取っ手すらなく、どうすればいいのかわからなかったからだ。

「飛び降りるのは、いくら何でも危ないからやめたほうがいいよ。この馬車は、外からしか開けられない作りになっているし」

たしなめるように、正実は知里の肩を軽く摑んだ。

「それに、今は少しでも遠くに逃げたほうが安全だと思うけど。夜のあいだは、あの木内も君を捜したりはしないだろうから」

取りなすような正実の声に、知里は自分がひどく疲れていることを実感させられた。

確かに、もう逃げるのは嫌だった。不案内な土地をさまようのも気が進まない。

できればどこかでこの躰を休めたかった。

でも、ここで簡単に彼らの言い分を信じられるものか。

「だからって、あんたたちを信用する理由がない」

「助けてやったのに？」

広瀬の傲慢《ごうまん》な口調は、知里の神経を逆撫でするには十分だった。

「もっと酷い目に遭わされるかもしれないだろっ」

「なるほど、そうしてやるのも面白い」

不意に広瀬の瞳が酷薄《こくはく》な光を帯《お》びた気がして、知里は戦《おのの》いた。

「もう、秋成様。怖がらせてどうするんですか。せっかく助けてあげたのに」

「助けてくれたって言っても、あんたたちだって、あの木内の一味かもしれないじゃないか！」

「あんな男と同列にするな」

ぴしゃりと厳しい声音で言われて、知里は思わず目を見開いてしまう。

「とにかく、信用できないのはお互い様じゃないか。僕たちから見れば、君だって氏素性《うじすじょう》の知れない相手だ。それなら君は、今夜は秋成様のお屋敷で休んだほうがいい」

筋がまったく通っていない理屈だったが、消耗しきっていた知里の心は揺れた。

いつ見つかるのかとびくびくしながら夜通し過ごすのは、絶対に御免《ごめん》だ。

「もしこんなところでおまえが木内に捕まれば、困るのは逃げるのを手伝った私のほうだ。迷惑をかけるような真似は慎《つつし》んでもらいたい」

信用するかしないかは別として、こうも尊大な態度で言われると、ならば知里だってこの男に迷惑をかけてやろうかという悪意さえ芽生えてくる。

広瀬が身に纏《まと》う、生まれながらに他人を支配することに慣れた、さりげない傲慢さ。それは嫌みにならない程度のものではあったが、今の知里には妙にしゃくに障《さわ》った。

「それで、君はどうするの？」

いくら考えてみたところで、知里が一夜の宿を得る方法はたった一つしかない。

ならば、それに賭けてみよう。

「――わかったよ。あんたの家に行けばいいんだろ。でも、これはもういらない」

知里はかぶっていた外套を脱ぎ、広瀬に突き返した。

だが、途端に冷気が身に染みて、大きなくしゃみをしてしまう。

強がってみせたつもりだったのに、逆効果だったようだ。

「その薄着では風邪を引く。羽織《はお》っているといい」

「だって、俺……汚れてるし」

そうでなくとも知里は泥まみれだ。上等な外套を汚してしまったら、きっとあとでものすごく怒られるに決まっている。

「外套なんて、どうせ汚れるものだ。それに、私はおまえに比べれば着込んでいるよ」

広瀬はそう言って、知里の躰を改めて外套でくるんでしまう。

「どれ、足を見せてごらん。血が出ていただろう」

「平気だよ！」

ぶんぶんと首を振ったのに、彼はそれを意に介する様子もなく、知里の着物を捲《まく》ろうとする。

それに驚いて身を震わせる知里を見て、正実は広瀬の手をそっと押しとどめた。

「秋成様。この子は怯《おび》えているじゃないですか。もっと優しくしてやらないと」

正実は知里に手を差し伸べ、傍《かたわ》らに座るように促した。

「それに、手当てならば、家に帰ってからしたほうがいいでしょう。医者を呼ぶ必要もあるかもしれません」

「医者なんて、必要ない。俺、金ないもん」

知里はわざとぶっきらぼうに言い放った。

顔だけならば少女めいた可愛さだと言われる知里だが、弱みを見せて舐《な》められるわけにはいかない。そうでなくとも、知里はなまじ頭の回転が速いだけに弁が立つ。裕福だったら学校くらいやれたのにと、両親も残念がったものだ。

「嫌だな。お金の心配なんてしなくていいのに。ねえ、秋成様」

青年が笑うと、周りに穏やかな空気が満ちるような、そんな気がした。

「まったく、顔は可愛らしいのに、随分すれたことを考えるものだ」

口元にいかにも余裕ありげな笑みを湛《たた》え、彼はそう感想を漏らす。

恩人にしては意地も根性も悪そうな広瀬の態度と「可愛い」という発言にむっとしたが、ここで反抗しても意味がないと、知里は口を閉ざした。

「せっかくだから、おまえの身の上でも当ててやろう。工員を募集してると言われて田舎から連れてこられたが、着いてみたら陰間茶屋《かげまちゃや》だったのだろう?」

「ど、どうしてわかるの……?」

「それがあの男——木内のやり口だ。あいつは周旋屋《しゅうせんや》といって、工員を集める傍ら、ものになりそうな子供は女郎屋に売りつけるんだ。ほかにも同じ目に遭った知人がいてね」

嫌な記憶が甦《よみがえ》ってきて、知里は押し黙った。

信じた相手に裏切られたという事実は、知里をひどく傷つけていた。

馬車の中には、しばし沈黙が満ちる。

やがて馬車が停まり、知里は降りるように促される。

「うわあ……」

門をくぐり抜けた馬車は大きな洋館の前に横付けされ、窓から屋敷を目にした知里は声を上げた。御者が外から扉を開けたので、先に広瀬が降り、知里の両脇に腕を入れて抱え上げる。

「俺、自分で歩けるよ!」

知里は思わず足をばたつかせたが、広瀬は「裸足なのに?」と笑うだけだ。

そして、彼は知里を抱きかかえて歩き出した。

——あったかい……。

落ちないようにおずおずとその服にしがみつくと、あの外套と同じ匂いがした。

石段を数段上がったところで、内側から扉が開く。

「お帰りなさいませ、秋成様」

背広を着込んだ老年の男性が、広瀬に慇懃《いんぎん》に挨拶をした。

「そのお方は?」

「訳ありの客人だ」

玄関で広瀬に降ろされた知里は、そこで硬直してしまう。

お揃《そろ》いの黒い洋服に白い清潔そうな前掛《まえか》けをした十名ほどの若い女性たちが、ずらりと一列に並んでいたからだ。女中たちは嬉しげに広瀬を迎え、そして口を開いた。

「お帰りなさいませ、旦那様《だんなさま》」

「ただいま」

唱和するその声も美しく、知里は唖然《あぜん》とするほかない。

同じ日本とは思えない光景に、知里はじりっと後ずさった。

「まあ、そう怯えるな。何も取って食いやしない」

「だ、だって……だって……」

高い天井も、煌々《こうこう》とあたりを照らす不思議な機械も。洋装に身を包んだ女中の姿も。

西洋の文明に触れたことがほとんどない知里にとっては、すべてが異世界の出来事と表現して差し支《つか》えなかった。

絶対、騙されてる。

自分は狐《きつね》に化かされたに違いない。

だって、こんな不思議なお屋敷が、この世の中にあるはずがないんだから。

へたへたとその場に座り込んだ知里は、それきり意識を失った。

2

逃げなくちゃ。
さもなければ、捕まってしまう。捕まってしまうと、恐ろしいことが待っている。
知里が走っているのは、永遠に終わることがないと思えるほどに長い草むらだった。
自分よりも背の高い草のあいだを抜けると、鋭い葉が当たって頬が切れる。
駄目だ。
足ががくがくしてきて、もう走れない。
逃げなければと気が急《せ》くのに、これ以上は最早《もはや》限界だった。
でも、ここで止まったら追いつかれてしまう。
追いつかれたら、酷い目に遭わされる……。
「ッ」
恐怖に身を強張《こわば》らせた知里の手を、誰かが摑む。
「大丈夫。平気だから」

疲れきった心に染み入る、穏やかで優しい声がそう囁いた。

もっと聞いていたいと思うような、甘い声音だった。

暖かいものが、手に触れている。

母親の手……？

違う。彼女の手はあかぎれでぼろぼろだった。それに比べれば、驚くほどなめらかで大きな掌《てのひら》だ。

でも、その感触はとても気持ちがいい。触れられているだけでほっとする。

「そう、ゆっくりおやすみ」

とろりとした優しい空気が、知里の全身をふわりと包み込む。

今度の眠りは暖かく、そして安らかなものだった。

躰中に蓄積された疲労が、いつしか消え失せていく気がした。

「………」

やがてゆるゆると目を覚ました知里は、自分が西洋風の寝台《しんだい》に寝かされていることに気づき、驚きに目を瞠《みは》った。服も粗末な着物ではなく、清潔そうな浴衣《ゆかた》に着替えさせられている。

窓からうっすらと射《さ》し込む陽射しは、朝陽だろうか。

知里をますます困惑させたのは、自分の手をしっかりと摑んだ相手が、椅子に座り、寝台に上体を伏すようにして眠っていたからだ。

——正実さん、だっけ。

手を繋がれたままあたりを見回すと、寝台の支柱には薔薇《ばら》の文様《もんよう》が彫り込まれており、まるで本物みたいに見事だった。

躰に触れる敷布《しきふ》や上掛けはやわらかく、上質なものだというのはよくわかる。

そして、もう逃げなくてもいいと言ってくれているかのような、この手に触れるぬくもり。

それを意識した刹那《せつな》、突然、安堵の感情がどっと押し寄せてきた。

泣きそうになって急いで嗚咽《おえつ》を堪《こら》えると、躰が引きつってしまう。

「——あ……起きたの？」

身を起こした正実はこちらを見て、そして微笑する。

ふわりと目元が和み、彼の表情に優しいものが滲んだ。

「君、まるまる一日、寝ていたんだよ」

「あの、手……」

正実はにこりと笑って、「ああ、ごめん」と囁いてから手を解《ほど》いた。

「そうじゃなくて、俺の手……汚いから」

「気にしないよ、そんなの」

明るいその声の調子に、知里は勇気づけられるような気がした。

「夢かと、思ったのに」

「何が？」

「このお屋敷……いろいろ、すごいから、狐に化かされたのかと思った」

知里が訥々《とつとつ》と紡《つむ》ぐ言葉を聞いて、彼はくすっと笑う。

「面白いこと、言うんだね。でもほら、僕の手、狐の手なんかじゃないでしょう?」

「うん」

優しい手だった。知里を暗闇から引っ張り上げてくれた、その手。

「それよりも、起きたならお風呂に入らなくちゃね。それから夕ご飯も」

「あ……俺が一日寝ていたってことは、これ、夕陽?」

「そういうこと」

彼は悪戯《いたずら》っぽく笑って、知里に「ついておいで」と告げた。

裸足で床に降り立った知里を見て、正実は室内履《ば》きを差し出す。

「これ、なあに?」

「この家は、生活習慣は西洋風なんだ。だから、家の中でも靴を履くことになってる。これは、家の中だけで履く靴だよ」

素直にそれに従い、知里は正実の後ろをついていった。

改めてあたりを見回すと、知里にとっては何もかもが珍しかった。

あちこちに凝《こ》った彫刻が施《ほどこ》され、壁には青い花の模様が描かれた紙が貼られている。

文様が彫り込まれた階段の手摺《てす》りは、飴色《あめいろ》に光っている。そして、その親柱には西洋の女性の彫像が据えられてあった。

「すごい……」

「このお屋敷は、帝都でも屈指《くっし》の立派なものだからね」

最初に天井が高いと思ったのは、玄関が吹き抜けになっていたせいだ。

階段の踊り場にある窓には、明り取りのための大きな硝子《ガラス》が嵌《は》められている。そこには鮮やかに彩色された硝子で絵が描かれ、色とりどりの影を床に落としていた。

知里の視線に気づき、彼は一度そこで足を止める。

「これはステンドグラスって言うんだよ。綺麗でしょう？」

「ステンドグラス……」

初めて聞くその言葉を、知里は無意識のうちに繰り返す。

「おやおや、ようやくお目覚めかい？」

階段を下りたところで陽気な女性の声がして、知里は顔を上げる。

「ちょうどよかった、トメさん。この子を綺麗にしてあげてくれる？」

「任せといてくださいな。お風呂の支度ができたところですから」

トメと呼ばれた女性は、ふっくらとして肉付きが良く、質素で地味な柄の着物を身につけていた。

「秋成様にお目にかけるには、まず綺麗にしないと」

彼女は知里の右手を摑み、「さあさあ」と急《せ》かした。

それこそ頭の天辺《てっぺん》から爪先《つまさき》まで全身をトメに洗われ、まだあちこちがひりひりする。着せられた洋服は誰かのお下がりだそうだが、知里には上も下もぶかぶかだった。おまけにこの家は、やたらと広い。

風呂場から目的の部屋に着くあいだに、知里はすっかり湯冷めしてしまっていた。しかも、行き交う女中は誰もが驚くほど綺麗で、かつ洋服を身につけている。和服のトメだけが異質の存在だった。

感覚が狂ってきそうだ。

ここは、知里が知っている世界とはまるっきり違う場所なのだ。浦島太郎《うらしまたろう》だったら竜宮城《りゅうぐうじょう》とか、桃太郎だったら鬼ヶ島とか……とにかく、そういう感じだ。

トメはこつこつと扉を叩き、「旦那様」と室外から声をかける。

こういう扉でさえも、驚くほど精巧な彫刻が施されている。家の中にあるもの一つ一つが、まるで美術品のようだった。

「どうぞ」

すぐに広瀬の低い声が聞こえてきて、知里は緊張に身を固くした。

扉の向こうには、ゆったりとした長椅子に腰掛けた広瀬の姿が目に飛び込んでくる。その傍らで、正実が器に真っ赤な液体を注いでいるのが見えた。

それはまるで血のようで、ひどく不気味だった。

ぶるっと震えた知里を見やり、秋成は口元を歪めて笑みを作る。

「これはまた随分、可愛くなったじゃないか。こちらにおいで」

「あっ」

手を伸ばし、男は知里の腕を掴む。

引き寄せられた勢いで彼の胸に倒れ込み、狼狽《ろうばい》するいとまもないうちに顎《あご》を捉《とら》えられた。

まるで検分するように右や左から見つめられて、知里はわけもなく頬が火照《ほて》ってくるのをまざまざと感じた。

だって、広瀬は本当に美形なのだ。こういう人を、女性に騒がれそうな二枚目というのだろう。怜悧《れいり》な光を放つ瞳と、不敵な笑みを湛えた口元が印象的で、きちんと櫛《くし》のとおった髪は艶《つや》やかだった。

上流階級の育ちの良さが醸《かも》し出す雰囲気に気圧《けお》され、知里はぼんやりと男に見惚《みほ》れてしまう。

そして、自分の置かれた状況を思い出し、彼の腕から逃れようと身を捩《よじ》った。

意外にも、広瀬はすんなりと知里を離した。

ここで舐められてはなるものかと、知里はぴんと背筋を伸ばして相手を見据える。

「足は痛むか？」

その言葉が自分に向けられたことに気づき、知里は首を振った。

「それはよかった。さすが、木内の見立てもなかなかのものだ。おまえなら、水揚げでもいい値段がつくだろう」

水揚げという言葉の意味は知らないが、自分が商品扱いされていることだけは、文脈からよくわかる。たぶん、「初めて客を取る」とかそういう意味なのだろう。

「おまえの名前は？」

あまりに傲慢な物言いに神経をざらっと逆撫でされ、知里は答えずに口を噤《つぐ》んだ。

だいたい、彼が敵か味方かもよくわからないのだ。

助けてくれたのは有り難かったが、かといって、他人を簡単に信用してはいけない。

さも人の良さそうな木内を信頼して痛い目に遭った知里としては、これ以上騙されるわけにはいかなかった。特に、広瀬はどこか裏が読めない雰囲気を漂わせている。一番の要注意人物に違いない。

知里みたいな子供をどう利用するかはわからないけれど、あの女衒《ぜげん》に引き渡されたり、もしくは別のところに売られたりする可能性だってあるのだ。

「この期《ご》に及んで黙《だん》りか？　せっかくここまで連れてきてやったのに、案外恩知らずなものだな」

「助けてくれなんて、俺は頼んでない」

腹が立つあまり、知里はついつい言わなくてもいいことを口にしてしまう。

「なんだと？」

「連れてきたって、あんたが俺を、馬車から降ろしてくれなかったんじゃないか」

「あんなところで降ろして、地理もわからぬおまえが逃げきれるわけないだろう？　感謝してほしいくらいだ」

からかうような声音が憎らしい。

だが、ここで俯《うつむ》いても気弱なところを見せてしまうだけだと、知里は仁王《におう》立ちになったまま精一杯きつい瞳で広瀬を睨みつけた。

その場を取りなそうとするように、正実が口を開く。

「名前を黙っていたって、秋成様が調べたらあっという間にわかってしまうよ？　あの木内とも知り合いなんだから。逆に何も教えてくれなかったら、君の力にはなれないし、木内にも引き渡さなくちゃいけなくなる」

正実の穏やかで甘い声音が、恐怖と猜疑《さいぎ》心で頑《かたく》なになった知里の心を解《ほぐ》そうとする。

「僕たちは、君の力になりたいんだ」

知里の瞳を覗き込んで、彼は甘く微笑んだ。

——こんなの、反則だ。

張り詰めていた緊張の糸が、ふっつりと切れてしまいそうだった。

あの日、木内に躰を売れと言われたとき、知里はひどく衝撃を受けた。もう誰も信じちゃいけないんだって、心の底から思った。

なのに、その気持ちさえも揺らぎそうだ。

だって、助けてもらって嬉しくなかったわけじゃない。

それどころか、本当は、すごく嬉しかった。救われたような気がした。

人から与えられる他意のない優しさが、知里の心に染み入ったから。

元々、知里は素直で人懐《ひとなつ》っこいたちなのだ。一度騙されたからといって、人を端《はな》から疑ったりするのはどうも苦手だった。

「せめて名前だけでも教えてくれないと」

「……知里」

「綺麗な名前だね。字はどう書くの？」

知里が空中で指を動かすようにしてその字を指し示すと、正実は満足したように頷いた。

読み書きはひらがなくらいしかできないが、せめて名前くらいは漢字で書けるようにと、親に教えてもらったのだ。

「苗字は？」

「小田《おだ》」

なるべく憮然としたままそう答えると、男は「ここに座ってごらん、知里」と自分の隣の椅子を指さした。

臙脂《えんじ》色の布張りの椅子は、優雅な形を描いている。何か仕掛けでもあるかもしれないと、知里はおそるおそるそれに腰掛けた。

「ひゃっ」

体重を預けた部分が唐突にへこんで、躰が沈み込む。思ってもみなかった事態に、知里は悲鳴を上げた。

「空腹だろうが、食事は少し待ってもらおう。おまえにはいろいろ聞きたいことがある」

「話すことなんて、ないもん」

ぶすっとしたまま知里がそう呟くと、彼は肩を竦《すく》めた。

「では、自己紹介をしよう。私の名前は広瀬秋成。この家の当主は……兄で伯爵《はくしゃく》の広瀬忠光《ただみつ》だ。私は部屋住みの居候《いそうろう》だ」

伯爵といえば、華族様だ。道理でこんな立派な館に住んでいるわけだ。

鹿鳴館の前で鉢合わせになったのも当たり前だし、知里とは身に纏《まと》う空気がまるで違うのも頷けた。

「兄は外交官で、現在は欧州に赴任《ふにん》している。そこで、留守中は私がこの屋敷を取り仕切ることになっている。ほかに質問は？」

「あんたに興味なんてないよ」

「ふむ……顔は可愛いが、随分生意気なものだな。一宿一飯《いっしゅくいっぱん》の恩義という言葉も知らないほどに子供なのか？」

面白がるように彼はそう呟き、知里の顎をくいっと持ち上げた。

その手を振り払いたいのだが、さすがに大人の腕力には敵わない。

「一宿はともかく、一飯はまだもらってないだろ！　それに、春には十五になる！　立派な大人じゃないか」

「ということは、まだ十四なのだろう？　子供といっても差し支えない」

広瀬の切り返しに、知里はぐっと言葉に詰まってしまう。

「前言撤回だな。この性根《しょうね》では、男娼《だんしょう》になっても苦労するだろう。まあ、木内が出入りしてる中野屋《なかのや》は客筋もいいし、じゃじゃ馬が好きな好事家《こうずか》には可愛がってもらえるかもしれないが」

「だから、俺は騙されたんだよ！　工場で働くつもりだったって話したじゃないか」

「おまえの生まれは？　随分遠くから来たのだろう？」

「——上州…の、中生《なかお》村ってところ」

上州は明治に入ってから行われた廃藩置県《はいはいちけん》で、群馬県という名称になった。

知里が気後《きおく》れしつつもその地名を口にすると、正実は「ええ！」と目を輝かせる。

「奇遇《きぐう》だね。僕は隣の隣になるのかな？　古川《ふるかわ》村の出身なんだ」

「え……？　華族様じゃないの？」

その疑問は当然のものだろう。知里が小首を傾《かし》げると、正実はくすっと笑う。

「僕は小作の出身だよ」

驚きのあまり、知里は声も出なかった。彼からはそんな匂いは一切しなかったからだ。

この優雅な青年が、知里と同じく上州の小作農の生まれだということは、どうしても信じられなかった。言葉には訛《なま》りがないし、何よりもどことなく気品がある。同じような境遇だと言われても、担《かつ》がれているとしか考えられなかった。

「もしよかったら、僕たちが相談に乗れるよ?」

正実は知里が同郷の出身だと聞いて、俄然《がぜん》、興味がわいたらしい。優しい声音に、そうでなくとも脆《もろ》くなりかけていた知里の警戒心は、崩壊寸前だった。

「話してもらえないかな」

彼の手が伸びて、知里の髪を撫でる。

「——親父が病気だから、それで、俺……仕事が欲しかったんだ」

正実の穏やかな口調に促され、最初は渋っていた知里も、自分が東京に連れてこられた理由を語り始めていた。

知里は上州の宿場《しゅくば》近くにある寒村《かんそん》の出身で、七人兄弟の三番目に誕生した。

父は元々は勘定方《かんじょうがた》を預かる武士だったが、先の幕府の解体と廃藩置県によって職を失い、仕方なく畑を借りて農業を始めた。

暮らし向きは貧しかったものの、知里が幼い頃はまだ良かった。

家族九人、何とかかつかつで食べていくことはできた。しかし、長兄が病死したときに事態は一変した。兄の治療のために医者からは莫大な料金を請求され、それを支払おうと無理をした父親もまた、過労から病に倒れてしまった。

それで知里は、村々を回って工員を集めている木内に頼んで、工場勤めをさせてもらうことに決めたのだ。

工場に勤めれば前渡しで支度金がもらえるし、その返済は二、三年で終わる。工場には学校も併設《へいせつ》されており、望めば勉強もできるとさえ言われていた。

なのに。

「あいつ……俺に、躰を売ったほうが金になるって言ったんだ。工場で働くよりも、そのほうが俺のためだって」

「木内は器量よしに目星をつけて、娘は女郎屋《じょろう》、男の場合は陰間茶屋に売るんだ。だが、確かに、躰を売ったほうが手っ取り早く金にはなる」

広瀬が相槌《あいづち》を打った。

「やだよっ、そんなの!!」

知里は思わず声を荒らげた。

「どうして？　躰を売るということが、どんなことかわかっているのか？」

「――知ってるよ」

知里の村にも、宿場の栄えていた頃には飯盛《めしも》り女郎だったという中年女性がいた。

彼女はいつも媚《こ》びたような表情で男に色目を使い、躰と引き換えに米や野菜をもらって暮らしていた。

嫌だった。たとえ暮らしていくためとはいえ、潔癖な知里には、他人に容易《たやす》く膚を許す彼女の価値観を理解できなかった。

「知里くんは、躰を売っている人間のことは、軽蔑するの？」

「たぶん」

「――じゃあ、僕のことも軽蔑するんだね」

囁くように告げて、正実は悲しげに微笑んだ。

「え？」

「僕も躰を売っているんだ。男娼っていうんだよ」

「嘘……」

まさか。正実からは、あの女性みたいな饐《す》えたような臭いはしない。それどころか、清潔な印象さえあった。

「木内に連れてこられたんだ。最初は騙されてだけど、今では自分でも納得してるよ」

再び髪に触れられそうになり、知里はびくっと身を震わせた。

「ごめんね。気持ち悪いよね」

彼は気まずそうに視線を板張りの床に落とし、その手を引っ込めた。

違う。そういうわけじゃなかった。

出会ってからわずかな時間しか過ぎていないが、知里は正実に好感を抱いていた。

飲み込まれそうなほどの恐ろしい暗闇から自分を助けてくれたのは、見ず知らずの知里を一晩中看病してくれたのは、ほかでもない正実ではないか。

そんな彼を、気持ち悪いなんて思えない。

なのに、知里の心ない言動が正実を傷つけてしまったのだ。

苦しくなって、知里は自分の胸のあたりをぎゅっと握り締めた。

「どちらにしても、おまえだってこのまま逃げ回るわけにはいくまい。困るのは、国元に残してきた家族たちだ。違うか?」

それくらい、知里にだってわかっている。支度金を受け取った手前、知里が逃げれば、その責任は両親に重くのしかかる。そういう契約になっているからだ。

「おまえをこの屋敷で雇うことにしよう。ちょうど一人、メイドが辞《や》めたところだ」

「へっ?　メイドって……何?」

広瀬の予期せぬ言葉に、知里は耳を疑った。

「女中のことだ。私は面食いでね。美しい女性しか雇わない主義なんだが、おまえは幸い、そばに置いてもいいと思えるくらいに器量だけはいい」

知里が呆然としているあいだに、話は勝手に進められていく。

「給料や待遇の相談は、執事の三國《みくに》としてくれ」

信じられないほどの強引さだった。

広瀬がお偉い華族様だというのはよくわかったが、だからといって、世の中の人間がすべて、自分の思い通りになるとでも思っているのだろうか。

「あの、ちょっと、待ってよ。俺の意志とかは聞くつもりはないの？」

「おまえの選べる方策は三つある。諦《あきら》めて陰間茶屋へ行くか、この家の下男《げなん》になるか、もしくはどこへなりと逃げてその借金を家族に負わせるか。どれが一番ましかなんて、考えるまでもないはずだ」

「俺は、あんたみたいに人の話を聞かない相手のところになんて、勤めたくない！　それに、あんたの世話になる理由なんて、これっぽっちもない」

「ならば、せめて今夜の分だけでも、理由を作ってやろう」

不意に彼は手を伸ばし、知里の腕を摑む。

「秋成様！」

正実の制止の声が飛んだが、それよりも先に広瀬は知里の顎に指を添え、唇に己のそれを触れさせていた。

「……ーッ！」

驚きのあまり、知里はその大きな目をまじまじと見開く。

半開きになった知里の唇を割って、ぬるっとした温かなものが入り込んできた。

「く、ふ…っ…」

嫌だと思うのに、顎をしっかりと掴まれてしまえば身動きをすることもできない。それどころか男の肉厚《にくあつ》な舌が、好き勝手に知里の口腔《こうこう》を這い回る。

得体の知れない本能的な恐怖に、知里は椅子にへたへたと座り込み、それでも逃れることすらできずに広瀬のなすがままにされていた。

ざらりとした舌が、歯茎《はぐき》や唇の裏側を舐めていく。

「んーっ」

息ができずにがりがりと広瀬の肩を引っ掻いたところで、その不躾《ぶしつけ》な唇はつっと糸を引きながらようやく離れた。

「な…、なにすんだよっ！」

「接吻《せっぷん》も知らないのか？」

「し、知ってるけど……よくも……よくも、よくも俺の……！」

おまけにその言葉をさらっと口に出されてしまい、知里はますます頭に血が上るのを感じた。

そんなはしたないことを、何事もなかったように言うなんて！

嫌いだ。最悪だ、この男。

油断していたせいもあるけど、こんな不意打ちは卑怯者のやることだ。

「さあ、おまえの唇の代金を払ってやろう。――誰か」

広瀬は女中――いや、『メイド』を呼ぶと、知里を食堂に案内するように告げる。

「腹が減っていては、まともな思考もできないだろう」

広瀬は微笑み、知里の手を摑んで立たせた。

拒むことさえ忘れてしまうほどの、強く優しい手だった。


「あの子をどうなさるおつもりですか、秋成様」

正実に問われて、長椅子に身を預けていた広瀬は顔を上げた。

仏蘭西《フランス》から輸入したワインは、空気に触れてほどよい味わいになっている。

「どう、とは？」

「本気で使用人にするつもりですか？」

いつもはやわらかな彼の瞳も、このときばかりは強い光を湛えている。

正実がただの美しいだけの青年でないと思い知るのは、こんな瞬間だ。

男娼の中でも、正実は異色の人物だった。

一時は廃《すた》れかけた男色趣味も、ここ最近は知識人を中心に復活しつつある。おかげで男娼にはそれなりの需要があるが、正実の存在は異質だ。

自分を決して安売りしない、誰にも媚びない男娼。

それだけで、彼には金を積む価値がある。

いや、違う。正実は己の手で、金を積まれるだけの価値を作り上げたのだ。

明治になったが、本当にこの社会が変わったかどうかは疑わしい。

四身平等《しみんびょうどう》といっても身分制度は厳然と残り、それどころか『華族』『士族』という新しい区分まで作られる始末だ。この閉鎖的な社会で己の肉体を武器にのし上がるのであれば、それなりの知恵と才覚が必要となり、正実は確かにそれを持っていた。

「使用人の一人くらい増やしてもかまわないだろう。いくら役立たずの次男坊でも、それくらいの権限があるつもりだけどね」

「それだけならいいのですが、本当は何かを企んでらっしゃるのでしょう？」

そのやわらかな美貌とは裏腹に、彼は言いたいことがあればはっきりとものを言う気質を持ち合わせている。

「ああ……そうだな。退屈しのぎに子猫が欲しかったところだ。生憎《あいにく》と小猿のようだが、それでも手取り足取り教えてやるのも悪くはない」

今し方広瀬が思いついたばかりのことを口にすると、正実は途端に渋い表情になった。

知里は性格こそ生意気そうだったが、顔立ちはじつに整っていた。

それに、姿勢がいい。背筋をぴんと伸ばして、相手を堂々と見据《みす》えて話す。

これは簡単にはできることではない。

あの木内の審美眼《しんびがん》もなかなか確かなものだと広瀬は内心で感心していた。

「前々から趣味が悪いとは思っていましたが、とうとうお稚児《ちご》趣味ですか？　一回りも年下の子供に手を出してどうするんです？」

正実はため息混じりに呟いた。

「子供は嫌いだが、例外があってもいい。どうせ親元に帰したところで、借金を返すためには死ぬ気で働かなくてはならなくなる。私の愛人になれば、楽をして金も稼げるだろう」

「あの子は見かけによらず頑固そうですし、自尊心も強いでしょう。何よりも、躰を売る連中を毛嫌いしているようです。あなたの愛人になりたいなんて死んでも思わないはずですよ」

「ならば、そう思わせるまでだ」

「そんなことだから、役者ばりの男前なのに傲岸不遜《ごうがんふそん》で偏屈で皮肉屋で手に負えないとか、三十にもなって部屋住みだとか、あることないこと言われるんです」

「一点を除けば、ほとんど真実だな」

一応は二十九なのだが、二十九歳も三十歳も大差がなかった。

「おまけに、秋成様が庭を後回しにして家を建てるから、この家はお化け屋敷扱いされているんですよ？」

「自然の美を追求した結果だ」

本格的な洋館の建築という一事業に全神経を注ぎすぎて、広瀬は庭まで面倒を見る気力を失ってしまったのだ。

おかげで洋館自体は立派だが庭木は自生しているという始末で、それには広瀬も頭を痛めていた。ある意味では自然を尊重した英国式庭園と言えるかもしれないが、見栄えはよくなかった。

「屁理屈《へりくつ》をおっしゃってないで、またお仕事をなさってはいかがですか？　あの火事は秋成様のせいではないんですし」

「べつに、それを気にしているわけではない。今の生活のほうが気楽で楽しいんだよ」

広瀬は微笑した。

「ですが、決まった恋人を作らないうえ、メイドをあんなに美女揃いにしたりするから、全員お手つきとあらぬ噂を立てられているんですよ？」

「仕方ないだろう。皆、勝手に私のところで働きたいと言ってくるんだ」

「だいたい、執事とトメさん以外は全員妙齢の女性で、この屋敷に男性はあなたが一人きり。これでは、勘ぐられないほうが間違ってます」

「なんだ、妬《や》いてくれているのか？」

広瀬がからかうように尋ねると、正実は吐息を漏らした。

「妬くとか妬かないとか、そういうのを通り越した問題です」

「さすがに全員に手をつける気にはなれないから、安心してくれていい」

「趣味人を貫くのも結構ですけどね」

正実の声音に呆《あき》れたものが混じった。

公家《くげ》の名門として知られる広瀬家はかねてから政治に強く、新政府設立に尽力《じんりょく》した父と祖父の功労が認められ、当主は伯爵に叙爵《じょしゃく》された。当代の伯爵である兄は外務省に勤務し、今は外交官として欧州で華々しく活躍している。

次々と零落《れいらく》していくほかの華族よりも、広瀬一族が比べものにならないほどに富裕なのは、早くから新興財閥と閨閥《けいばつ》を作ることに熱心で、政治資金や生活費を融通してもらっていたからだ。おかげでこうして赤坂《あかさか》の広々とした敷地に、洒落《しゃれ》た洋館を構えるに至った。

広瀬はこの名家の次男で、財力に任せて気ままな暮らしを送っている。人々が極楽とんぼの部屋住みと噂するのも、仕方ないことだろう。

「あなたが本気でおっしゃってるとは思えませんが……もし仮に本気だとしても、僕は荷担《かたん》できませんからね？」

広瀬としては、知里を使用人として雇い、それなりの作法をたたき込んだうえで、紹介状でも書いてもっと条件の良い職場に送り込んでやるつもりだった。それが、自分の拾ってきた子猫に対する最低限の責任であり、広瀬なりの矜持《きょうじ》だったからだ。

だが、ここで少しばかり彼をからかってやるのも悪くはない。

愛人か男娼かを選べと言われて、戸惑う知里が見物《みもの》だった。

初対面の広瀬をさんざん毛嫌いして疑ってくれたのだから、これくらいの意趣《いしゅ》返しもいいだろう。あの生意気な少年をからかってやるのも悪くはない。

とうの昔に、広瀬は大切なものを失ってしまった。それはありきたりだったけれど、人間にとっては大切なもの。捨て難く失い難いものだ。

それをなくした瞬間から、広瀬はただ呼吸をし、食事をし、とりどりの女性を選んで己の欲望を満たす。その繰り返しのみに生きるようになった。

「どちらにせよ、あれだけの器量なんだ。この屋敷から放り出せば、また似たような輩《やから》に騙されるのがおちだ」

「その点だけは同意しますが」と、正実は困ったように頷いた。

「私のものになれば、それこそたっぷり可愛がってやる。とっかえひっかえ客を取らされるよりは、楽だと思うがね」

「あなたの可愛がり方に問題がなければ、です」

「私はこれでも紳士だよ。それより、彼と話をしていったらどうだ？　おまえだって、知里に誤解されたままで帰るのは嫌だろう？」

「でも……僕は、あの子に嫌われてしまったと思いますから」

「私が嫌なんだ。おまえに対して偏見を持たれるのは」

「――かしこまりました」

一度躊躇《ためら》い、それでも正実はそう呟いた。


「――眠れないよ……」

昼間にあれだけ眠ってしまったのだ。寝台に座った知里は足をぶらぶらさせ、息を吐いた。

唇がまだ熱い気がして、知里はごしごしと手の甲でそれを拭《ぬぐ》う。

広瀬のあの瞳に、知里が映っていた。

そのせいか、見つめられると、凍りついたように動けなくなってしまった。

腹が立つほど傲慢で尊大な奴だけれど、どうしてなのか、広瀬には逆らえない。

ここが知里の知るものとは別世界だから、委縮しているのだろうか。

知里にもそれとわかるほどの豪奢《ごうしゃ》な洋館と、そこに住む美貌の主《あるじ》。

夕飯でも、もう食べられないというくらいに料理はふんだんに出てきたし、見るものすべてが珍しかった。メイドたちは皆恐ろしく親切なうえに美女揃いで、知里のことをあれこれと世話を焼いてくれる。吹きさらしの狭い家ですきま風を堪えて過ごしていたことが、まるで夢みたいに思えた。

そのとき、ドアがこつこつと叩かれる。

「知里くん、入ってもいい？」

正実の声だった。

「はい」

反射的に返事をし、知里はどうやって謝ろうかと考え込む。

部屋に足を踏み入れた正実は、知里を見て淋しげに微笑んだ。

正実は知里の隣に座ろうとはせず、若干《じゃっかん》距離を取って、椅子に腰掛ける。

「ごめんね、びっくりさせたでしょう」

答えることは、できなかった。

「僕のこと、気持ち悪いよね。わかってるんだ、それくらい。でも、今の君の境遇が、昔の僕に似ていたから、放っておけなくて」

「――違う。全然そうじゃなくて……ただ、驚いただけで」

「君は優しいね」

正実は穏やかな声で言った。

「僕が躰を売っているのは事実だ」

密やかな声音が鼓膜をくすぐる。

「どうして、躰を……？」

「君と一緒で、工場に勤めることになっていたんだ。けど、やっぱり騙されてね。それで堀江六軒町《ほりえろっけんちょう》の陰間茶屋に売られた。それ以来、家には一度も帰ってない」

ずきっと胸が痛んだ。

この人も知里と同じ目に遭ったのだ。

信じていた相手に裏切られ、挙げ句、突然に躰を売れと言われて。

「もっとも、僕と同じ時期に工場に売られた友達の中には、死んでしまった子もいる。学校も近代的な設備もみんな嘘で、ぼろぼろになるまでこき使われて」

どちらが幸せなのかわからないけれど、と正実は呟いた。

「でも、僕は、躰を売ることにしてよかったと思ってるんだ。これでもね、妹を女学校に行かせたんだよ」

「すごい……」

正実はさも誇らしげに、にこりと笑った。

近隣の村では、女学校へ行ける少女は限られていた。そんなことができるのは、財力のある庄屋《しょうや》や豪農くらいのものだ。

「僕は自分の生き方を間違ってるとは思わないし、誰かの犠牲になってるつもりもない。今の自分が家族の暮らしを支えていることを、誇りに思ってる」

知里はこくりと頷いた。

正実の言おうとしていることは、知里にもよくわかった。

「選んだのはいつも自分だから、後悔なんてしていない。他人に勝手に決められた道は嫌だけど、僕はこうやって生きることを選んだんだ。いつも、何があっても逃げないで立ち向かおうって思っていたから」

決然としたその声音に、知里の心は揺らぐ。

自分は今までに、そこまでの覚悟で選択をしたことがあっただろうか。

工場で働くと決めたのは知里の意志だったけれど、それはもっと漠然としてぬるい考えに基づいたものだった。正実のように、きっちり心に決めたわけじゃない。

そう考えると、思い込みだけで躰を売ることに偏見を持っていた自分が、恥ずかしくなってきた。何も考えずに身売りする者もいるだろうが、正実のように覚悟を決めた者もいる。自分の狭い考えだけでその正邪を判断しようとしたことが、ひどく情けなかった。

「君がこのお屋敷で働くなら、もう君の目の前に姿を現すつもりはないけど……もしほかにそういう人に会っても、嫌な目で見たりしないでほしいんだ」

「俺にもう会ってくれないの？」

「君に嫌われたままでいるのは辛いから」

「嫌ってないよ！　ただ、急にいろいろなことがあったから、びっくりしただけだもの！」

「本当？」

問い返されて、知里は首肯《しゅこう》した。

「じゃあ、君が嫌じゃなければ、このお屋敷で働くのが君のためだと思うよ。秋成様が、せっかくああおっしゃってるんだし」

当のお屋敷、というのが。

知里の知識を遙《はる》かに超越したところだから、戸惑っているんじゃないか。

「だって、あの人は木内の顔を知ってたじゃないか。中野屋……の客なら、どうして女衒《ぜげん》のことまで知ってるの?」

「あの人は趣味人でお金持ちだから、ああいう連中が水揚げをしないかとかいろいろ言ってくるんだよ」

「つまり、いいカモってこと?」

「言葉は悪いけどね。でも、もし僕のことを信頼できるなら、秋成様のことも信頼してくれていい。悪い人では……なかったんだ」

「──努力はするけど」

信頼という感情を、あの男に対してそう簡単に抱けるかどうかは疑問だった。

しかし、もし知里がこのまま逃げ続ければ、そのつけは否応《いやおう》なしに弟妹にも回ってくる。大切な家族を犠牲にすることだけは、絶対にできなかった。

「それから。これが大事なんだけど、秋成様が何を言おうと、君は使用人になりたいって言ったほうがいい。わかった？」

「ほかに何か、別のことを言われるの？」

「そういうわけじゃないんだけど。あの人、いろいろ困った趣味があってね。どんな難題をふっかけてくるかわからないから」

正実は言葉を濁したが、真摯《しんし》なまなざしで知里を見据えた。

「僕は君の味方だよ。困ったことがあったら、いつでも相談してくれる？」

「ありがとう」

不思議と、彼の言葉は信じられるような気がした。最初から正実が、一貫して知里の味方であろうとしてくれるのがわかっていたせいだろう。

「正実さんは、綺麗なのに……強いね」

いや、綺麗だからこそ強いのかもしれない。そうでなければ生きてこられなかったからこそ。

3

翌朝。

目を覚ました知里の心は、すでに決まっていた。

一晩考え抜いての結論だ。

知里には、もう後戻りできない。本来ならば、あの陰間茶屋を飛び出したときに、覚悟を決めておくべきだったのだ。

窓を開けて深呼吸をすると、あたりは深閑《しんかん》としている。冬の清涼な空気を吸い込むだけで、頭がすっきりとしてくるようだ。

「おはようございます、知里様」

廊下に出たところでメイドの一人に声をかけられて、知里は曖昧な表情で微笑む。

『様』なんて言葉をつけられると、戸惑いは深まるばかりだ。

それこそ自分はここで下働きをするような身分なのに、調子が狂ってしまう。

正実は朝早く自宅に帰ったとのことで、今日は彼の姿を見ることはなかった。

応接間で自分を待ち受けていた広瀬は、知里を見て唇を綻ばせた。

「おはよう、知里」

長椅子にもたれて脚を組む広瀬の優雅さには、ため息が漏れそうになる。

どんな格好をしていても絵になる人というのは、いるんだ。

「それで？　この先はどうすることに決めたんだ？」

唐突に尋ねられて、知里はぽかんとして広瀬の顔を見つめた。

「どうした？　私の顔に何かついているのか？」

「だって、あんたが突然……俺の意見を聞くなんて、おかしいよ」

どちらかというと、広瀬のその豹変《ひょうへん》ぶりが知里には気持ち悪いくらいだ。

何か裏があるのではないかと、疑ってかかりたくなる。

「私が意見を聞かないと言って怒ったのは、おまえのほうだろう。一応は聞いてやっているだけだ。——それで、ここで働く気はあるのか？」

知里は首を横に振った。それを聞いて、広瀬は面白そうな顔になった。

「では、木内の元に戻るか？」

「あそこにだけは、戻りたくない」

すべて納得したうえならともかく、人を騙して躰を売らせようとするような相手の言いなりになるのだけは、御免だ。

かといって、広瀬のところで働くのも嫌だ。

この意地悪で皮肉屋の男を主人として尊敬することができるとは到底思えなかったし、下男としての賃金は支度金の返済に充《あ》てられるだろう。それでは、国元の家族に仕送りもできなくなってしまう。

「けど、お金を貸してもらえませんか？　あいつに支度金返さなくちゃいけないから」

「見ず知らずのおまえにか？」

勝手なのはわかっていたが、からかうように問われて、知里は唇を噛む。昨日自分が放った言葉を、そのまま嫌みで返されているような気がした。

「お願いします」

悔しかったものの、今はやむを得ないと、知里は広瀬に向かって深々と頭を下げる。

「貸すのはかまわないとしても、どうやって金を返すつもりなんだ？　おまえはこの屋敷で働きたくないのだろう？」

「——躰、売ろうと思って」

何でもないことのようにさらりと流そうと思ったのに、いざとなると声が震えた。

「なんだって？」

驚いたように、広瀬は問い返した。

「正実さんに聞いたんだ。躰売ると、すごくお金になるんでしょ？　それでたくさん稼いで、お金はなるべく早く返すよ」

「馬鹿か、おまえは」

広瀬は心底呆れたのか、ため息混じりに続けた。

「正実に何を吹き込まれたのか知らないが、そんなことはおまえには無理だ」

「お、俺にできないって言うわけ……!?」

自分の計画を端から否定されて、知里は思わず声を荒らげる。

「だいたい、おまえは躰を売るのは嫌なんじゃなかったのか?」

「誰かに無理矢理決められるのは嫌だけど、俺、自分で考えて決めたんだ。自分で決めたことは、死んでもやり通す」

知里はきっぱりとそう言いきった。

「おまえにできないというよりも、あれは、正実だからこそできることだ。学も芸もない子供では、陰間茶屋で死ぬほど客を取らされて終わりだ」

「だって……」

「だからおまえは、木内みたいな奴に騙されるんだ」

諭《さと》すように、広瀬の口調がゆっくりとしたものになった。

「いいか。正実は男娼は男娼でも、おまえが売られかけた陰間茶屋にいるような連中とは、格が違う」

「そうなの？」

「そう。つまり、吉原《よしわら》でいえば太夫《たゆう》みたいなものだな」

そんなことを言われても、世間知らずの知里はきょとんとしてしまう。

広瀬は知里に、太夫という存在がいかに特別なものかを懇々《こんこん》と説いた。

美貌、知性、器量、そのどれもが備わっていなければ太夫になることはできないのだという。

「でも、田舎育ちっていう点では、最初は正実さんと同じじゃないか」

「それはあいつが店主に目をかけられて、特別扱いしてもらえたからだ。正実の場合は、何から何まで特別なんだ」

強い口調でそう断言されて、知里は呆然とした。

「おまえのような世間知らずじゃ、つけ込まれて酷い目に遭わされるのがおちだ。おとなしくうちで働いていていればいい」

気乗りがしなかった。

助けてもらったことは有り難いが、主人が広瀬では長続きするはずがない。しかし、工場に戻ったところで、いつ売り飛ばされるかわかったものではないし、戻れる保証もなかった。

それに、知里みたいな子供が必死で働いても、稼げる金額はたかが知れている。

ならば、手っとり早く大金を掴み取る方法が知りたかった。

「金が必要なんだ。ほかにどうすればお金を稼げるのか、わからないし」

知里がこのまま逃げ続ければ、その咎《とが》は国元の家族が負うことになる。彼らを苦しめるのが嫌だった。それに、最初に自分で選んだ道が間違っていたからといって、すべてを投げ出して逃げるのは真《ま》っ平《ぴら》だ。

「それでお金になるなら、躰だって何だって売りたい」

「だいたい、おまえは私を信用していないのだろう？　どうしてそんなことを私に相談するんだ？」

「信用してなくっても、金はあるだろ。支度金を返さなくちゃいけないし」

「本当に生意気な口を利くんだな、おまえは」

広瀬はそう呟き、すぐに頷いた。

「いいだろう。ならば、私の愛人にならないか？　本来ならば子供は趣味ではないんだが、おまえのような鼻《はな》っ柱《ぱしら》が強い子供も面白い。愛人なら、使用人より給金は弾んでやるぞ」

「嫌だ」

さすがに愛人という言葉の意味はわかったし、正実の入れ知恵もあって、知里はそれを言下《げんか》に否定した。

「どうして？」

男の声音が、面白がるような響きを帯びる。

「俺、あんたのことは嫌いだもん」

「……わかりやすい答えだな」

広瀬は喉を鳴らして笑った。

「だが、どこの誰とも知れぬ相手に躰を売るよりは、いいとは思わないか？　私の愛人になれば、相手にするのは私一人だ」

「確かにお客さんの中には嫌な人もいるかもしれないけど、いい人に会えるかもしれない。あんた一人をずっと相手にしてるよりは、よっぽどいい」

「なるほど。おまえの決意はよくわかった」

彼はあっさりと引き下がったかに見えた。

「しかし、もしおまえが望むのなら、私が相応に教育してやろう」

「教育って……？」

「男娼としての教育だよ」

知里の瞳を見つめて、広瀬は婉然《えんぜん》と口元を綻ばせる。

「正実のようになりたければ、おまえもそれなりの訓練をしなくては駄目だ。第一、接吻《せっぷん》もできぬ男娼など、買い手がいるものか。初々しいと褒められるのは最初だけだ」

「でも……」

「教養も技巧もない男娼はいくらだっている。ほかの男娼よりも抜きん出たいのならば、それなりのことを身につけなければならない」

広瀬の言わんとしていることは、知里にもよくわかった。

「自分を高く売る技術がなければ、毎日毎日、違う男に抱かれることになる。それに一人ならまだしも、一日に何人も、客を取らなくてはいけないこともあるんだぞ」

「う……」

ちょっと見目が良い人間ならば、ごまんといる。知里のような無学な人間が相場以上の金を稼ぐためには、何かしら飛び抜けた価値がなければいけないのだ。

そんな広瀬の言い分は、知里にもよくわかった。

「じゃ、じゃあ、教育って、何を教えてくれるの？」

「男娼に必要なことを何もかもだ」

彼はそう言ってのけた。

「そのあいだ、この屋敷で働くことで、私がおまえを身請《みう》けする代金を少しずつ返してもらう。これでどうだ？」

「身請けっていうのは？」

突然提示された魅力的な契約条件に、知里は口元に手を当てて考え込んだ。

「木内からおまえを買い取るということだ。そうでなくては、おまえはずっと木内に追われたままになるからな。要するに支度金は、私が代わりに返しておいてやる」

「——どうして俺のこと、いろいろ助けてくれるわけ？」

広瀬はいけ好かない相手だったが、衣食住が保証されるのは願ってもいない好条件だ。しかも、彼が知里の意見を聞いてくれているのだ。これは、かなりの譲歩だろう。

とはいえ、他人を全面的に信用できるわけがない。今の知里の警戒心は、最大限にまで膨《ふく》れ上がっていた。

「おまえを拾ったのは私だ。ならば、最後まで面倒を見る義務がある」

彼の笑みは美しいが、それゆえに知里は答えに迷う。

こういう男は、たいてい危険だ。腹に一物《いちもつ》あるのだ。

「でも、それだけじゃ、あんたのことは信用できないよ」

「信用できないのはお互い様だ。だが、おまえを生かすも殺すも私次第だ。私のほうが、おまえよりは有利だというわけだ」

確かに、世間知らずの知里が望み通りに金を稼げるようになるには、広瀬の力を借りたほうがいいに決まっている。いくら虫が好かないとしても、それくらいは理解できた。

それに、相手の気が変わる前に結論を出したほうがいい。

「じゃあ……雇ってもらう……」

「お願いします、と頼むべきだろう? おまえは私に『雇っていただく』のだから」

どう考えても好きになれそうにない、広瀬のような男に頭を下げなくてはいけないなんて。そう思うと悔しくてならない。

「――お、お願いします」

それでも知里はぺこりと頭を下げ、広瀬に向かってお辞儀をした。だが、殊勝な行動とは裏腹に、悔しさと怒りに、声が震える。

「俺のこと、雇ってください」

「よかろう」

広瀬はそう囁き、知里の長い前髪をそっと掻き上げた。

その瞳に見据えられると、身動きができなくなるような気がする。

「これでおまえは私のものだ」

「――はい」

綺麗な、漆黒《しっこく》の瞳だった。

「そのうち、学校へ行かせてあげよう。読み書きとそろばんだけでは、教養とは言えないからな」

「いいよ、そんなの。どうせ小学校にも行ってないし、今更勉強なんかするくらいなら、その分働きたい」

不意に、広瀬の表情が真剣なものになった。

「知里」

囁くようにその声で名前を呼ばれて、知里はどきりとする。

この発音に、なぜか知里は弱かった。彼に名前を呼ばれると、ただ狼狽えてしまって、どうすればいいのかわからなくなるのだ。

「知性と教養は武器になる。それを磨けば、顔かたちや生まれを変えることはできなくとも、自分に付加価値をつけることができるんだ。少しでも自分を高く売りたいのなら、教養を身につけることを惜しむな」

「だって」

「他人の心を支配するのは、暴力ではなく知力だ」

聞くつもりなんてなかったのに、広瀬の声は知里の心に染み入ってくる。

「人間の中でもっとも強くて、もっとも弱いのは心だよ。それを動かすことができた者が、最後には勝つんだ」

広瀬の言葉は難しかったが、言おうとしていることはわかるような気がした。

「貧しさゆえにこれまで学校にも行けなかったのは同情するがこれからは違う。今のおまえは非力な子供でも、知恵をつければ、いつかはのし上がれるはずだ。そのための労苦を惜しんではいけない」

「――うん……」

素直な同意の言葉が漏れてしまい、知里は慌てて口を押さえた。

本当は、学校にだってちゃんと行きたかった。

無知なままで、これ以上、他人に騙されたり利用されたりするのは嫌だったからだ。

「わかったなら、それでいい。ただし、おまえのことも使用人扱いではほかの者と差し障りが出るだろうし……行儀見習い兼愛人ということにしておこう。いいな？」

「えー……」

知里の声に、愛人扱いされることに対する不満がありありと滲む。

「ただの行儀見習いに給金が出るのは変だろう？　愛人ならお手当てということにしておいて、その分を身請け代金の返済に回してやる。それに、男娼よりは聞こえがいいはずだ」

「――わかった」

ぶっきらぼうに返すと、広瀬は「違う」と口を差し挟んできた。

「わかりました旦那様、だろう」

「わかりました、……旦那様」

「よろしい。それから、私と約束してもらおう。向こう一年は故郷には戻らないと。ものになるまで、故郷のことは忘れてしまえ」

突然の言葉に、知里は息が止まりそうになった。

「ど、どうして、ですか……？」

「おまえに必要なのは、これまでの自分を捨てて洗練された文化を身につけることだ。そのためには故郷など必要ない」

「でも、忘れたりしない。そんなことできないよ！」

「永遠に忘れろと言っているわけではない。だが、中途半端に覚えていれば、おまえが辛くなるだけだ」

まるで知里のことを思いやってくれているみたいな言葉に、どきりとする。

いいや、違う。そんなはずはあるものか。

この傲慢な男は知里から、故郷の思い出さえも奪おうとしているのだ。

だとしたら、忘れてなんてやるもんか。

絶対に絶対に、忘れない。


応接間、小食堂、大食堂。それから居間。書斎。寝室。

この館は大きく三つの棟《むね》に分かれている。広瀬が生活するという棟だけでもたくさんの部屋があり、知里には覚えきれそうにない。この世の中には、自分にはとても信じられないような贅沢な暮らしをしている人々が、確かに存在するのだ。

「——疲れた……」

寝台に座り込み、知里はふーっと息を吐いた。

結局、知里は最初に寝かされていた客間を自分の居室として与えられた。

このお屋敷には部屋がたくさんあるため、一つくらい知里に宛《あてが》ってもまるで困らないのだという。まったく、豪勢な話だ。

今日は家の中を案内されて、それから広瀬が呼んだという職人に躰のあちこちの寸法を採《と》られた。どうやら、知里の洋服を作ってくれるつもりらしい。

洋服がものすごく高いということを知っているだけに、知里は驚いてしまった。

それだけではなくて、客間には机も椅子もなかったために、広瀬が子供の頃に使っていた家具を蔵《くら》から運び出してくれた。

雑巾《ぞうきん》を渡されて自分でぴかぴかに磨くように言われたが、その作業はまるで苦にならなかった。

――これは夢じゃないんだろうか。

何から何までが、非現実的で信じられそうにない出来事だった。

広瀬は意地悪で傲慢な皮肉屋だって思ったのに。

約束なんて一つも守ってくれないだろうと思ったのに。

なのに、広瀬は約束の一つ一つを実行しようとする。

これじゃ……知里もいよいよ覚悟を決めて、男娼修行をしなくちゃいけなくなる気がして、ほんの少しだけ怖い。それが本音だった。

「あっ!」

そこで不意に、夕飯の時間は六時だと言われたことを思い出した。

慌ててベッドから起き上がった知里は、洋服のあちこちを引っ張ってしわを伸ばしてから、階下の小食堂へと向かった。

教わっていたとおりに、扉を叩く。

「どうぞ」

向こうから聞こえる声に促されて、知里はおそるおそる扉を開けた。

広瀬はすでに食卓について酒を飲んでおり、知里を見て口元に笑みを浮かべた。

促されるままに広瀬の向かいに座ると、椅子が高すぎて足がぶらぶらした。それがまた、この男との差を示しているようで、少し悔しい。

すぐに皿が運ばれてきて、知里は小首を傾《かし》げる。

見たことのない料理だった。

「ええっと、これは？」

「前菜というものだ。今日は好きに食べてごらん」

「好きにって」

『テーブル』の上に置かれているのは、フォークとナイフ、それにスプーンなのだという。順当に考えればフォークが一番使いやすそうに見え、知里はそれを掴んで野菜に突き刺した。

広瀬はといえば、その光景を面白そうに見守っている。

「旨《うま》い……！」

思わず声を上げた知里を見て、彼は「美味《おい》しいと言え」と訂正を求めた。

「何か悪い？　旨いもんは旨いんだし、それでいいじゃないか」

べつに言葉の一つや二つを言い換えてもかまわなかったのだが、そうやって言われると腹が立ち、知里の生来《せいらい》の負けん気の強さに火が点《つ》いてしまうのだ。

「正実のようになりたいのなら、使う言葉から気をつけろ」

「なんだよ、それ……」

広瀬の声音は、こちらがはっとするほど冷淡なものだった。

「そういう言葉遣いも感心できないね。――君」

「はい、秋成様」

「彼の皿を下げてくれ」

抵抗するいとまもなかった。

メイドは知里の前から、まだ一口しか手をつけていない皿を取り上げてしまう。

「何すんだよ！」

「ちゃんとした言葉で話せるようになるまで、食事は抜きにしよう」

「ふざけんな！」

「ふざけてなどいるものか。さあ、きちんと『美味しい』と言ってごらん」

知里はぶすっとふてくされた顔つきになり、そっぽを向きかける。

「食事抜きでは、躰も保《も》たないいんじゃないか？」

からかうような口調は、憎たらしさを覚えるほどに的確だった。しばらく窓の外を見たり、壁紙の模様を目で追っていた知里だったが、募る空腹ほど辛いものはない。

根比《こんくら》べになりそうだったものの、仕方がない。

こちらが邪魔してやれば、広瀬だって食事をできないはずだ。

そうは思ったが、広瀬がメイドを呼びつけ、「次の料理を」と頼むのが聞こえた。

すぐにいい匂いが漂い始め、広瀬は知里を無視して食事を続ける。

食べたことのない料理、嗅《か》いだことのない匂い。

しかし、その匂いは確実に知里の胃を刺激し始めていた。

背筋を伸ばしたまま、知里はぎゅうっと手を握り締める。

「感心したくなるほど強情だな。私にこんな扱いを受けて、悔しいか？」

「——悔しいに決まってる……」

「それでもおまえは選んだはずだ。自分がどうしたいのか。私のことをどう思おうと、それ自体はおまえの自由だ。ただ、私に反発しているからといって耳を貸さないのでは、駄々《だだ》を捏《こ》ねる子供と同じだ」

教え諭すような優しさはないけれど、広瀬の言うことは事実だった。

「おまえが強情になればなるほど、意地を張れば張るほど、こちらとしてもおまえに厳しく接することになる。それでかまわないのか？」

「…………」

「私を踏み台に利用するくらいの気概《きがい》がなければ、正実のような男娼になんてなれないだろう。ただ突っ張って世を拗《す》ねているだけの子供に、気品も教養も身につくものか」

彼の声は知里の胸に突き刺さる。

そのとおりだと、思った。

「守りたいものがあるなら、大人になりなさい」

この男のことは嫌いだ。好きになんてなれそうにない。

たとえ、彼が告げた言葉が完膚《かんぷ》無きまでの正論だったとしても。

知里には知里の意地があるのだ。

「——飯、食いたい」

「そんな言葉遣いでは、とても食事をやれないね。強情を張ってないで、ちゃんと私が言ったとおりにしてごらん」

知里はきりっと唇を噛んだ。

こうやって他人に言うことを聞かされるのが、知里には何よりも耐え難い。

殊に、その相手が広瀬だからこそ。

「知里」

男の声がすごみを帯びた気がしたが、知里は挑戦的な瞳で広瀬の目を見つめ返した。

「約束を忘れたのか?」

知里は押し黙った。

「それとも、手取り足取り教えてほしいとでも? 生憎、私はそこまで暇でもなければ優しくもない」

悔しい。悔しくて、たまらない。

だけど、それを乗り越えなければ何も変わらない。知里はいつまで経っても、騙される側の人間のままだ。

「——食事、ください」

そう言ってのけると、広瀬のまなざしが面白そうに知里の顔を撫でた。

「ふうん?」

「食い……食べたい、です」

「いいだろう」

男はそう言って、取り上げたはずの皿を知里の前に戻すように指示をする。

「フォークとナイフの使い方は、明日から教えよう。今日は、西洋風の食べ物に慣れることから覚えなさい」

傲慢な口調にむっとしたが、反発して喧嘩《けんか》を売るほどの気力も残されていない。

空腹で胃と背中がくっつきそうになっているだけに、その味は臓腑《ぞうふ》にまで染み込むようだった。

がっつきたい気持ちとは裏腹に、先ほどの広瀬の様子を思い出しながら、使うべき道具を考え、見よう見まねで料理を口に運ぶ。

どれもが涙が出そうなほどに美味しくて、そのせいで実家のことを思い出し、次第に食が進まなくなってきた。

「どうした？」

「……べつに」

「家のことでも思い出したのか」

どことなくからかうような口調が、また憎らしかった。だが、今更否定する理由もない。

「だったら何？　それが悪いの？」

「よけいなことは考えないほうが身のためだ。考えれば深みにはまる」

「帰れないのは仕方ないけど、俺が何を考えてるのかまでは制限する権利はないだろ」

「――そのとおりだ」

広瀬は微かに笑う。その仄《ほの》かな笑みが思いのほか優しくて、知里は目を瞠った。

気詰《きづ》まりな食事を終えたあとは、広瀬が直々《じきじき》に読み書きを教えてくれるというので、知里は彼の書斎へと向かった。

「入りなさい」

広瀬が扉を開けたので、思わず中を覗き込んだ知里は「わあ」と声を上げた。

壁面には棚が作られ、そこには書物がぎっしりと並べられている。

そんな光景を見るのは初めてで、知里は魅せられるようにそこに足を踏み入れていた。

窓に向かうように大きな机がしつらえられ、部屋の中央にはテーブルと椅子が置かれている。

個人的な来客にもここで応対するのだろう。

壁紙は落ち着いた緑を基調にしており、まるで湖の底のように静かだ。

「本が好きなのか?」

「そうじゃないけど……こんなにたくさん、世の中に本ってあるものなんだ」

あまりにも素直な知里の言葉を聞いて、広瀬が小さく笑う。

その事実に気づき、知里はかあっと頰を染めた。

「いいだろ! 笑うなよっ」

「ご主人様に、なんて口の利き方だ。本当におまえは躾《しつけ》がなってないな」

広瀬はそう呟いて、知里の髪をくしゃりと撫でた。

それでもその指先は、妙に優しい気がした。

「読み書きさえ覚えれば、おまえにもここにある本を読めるようになる。それこそ何冊でも、時間が許す限り」

「本当に……?」

「嘘をついてどうする」

広瀬はいつになく優しい瞳をして、知里に「ここに座れ」と椅子を指し示す。

「ほら、これを見てごらん。絵本というんだよ。綺麗だろう」

膝の上に大判の本を置かれて、知里はこくりと頷いた。

「こういうの、大人も読むの?」

「私のものではない。急いでいたから、あまり手に入らなくてね」

それは、彼が知里のために絵本を買ったのだということを意味していた。

膝の上に置かれた大判の絵本は、鮮やかな色で満ちている。動物の絵がいくつも描かれており、知里はため息混じりにそのページを繰《く》った。

「すげえ」

「すげえ、じゃなくて、すごい、だ。きちんとした言葉を覚えなさい」

「……すごい」

反発を覚えたものの、知里は仕方なくそう口にした。すると、広瀬は「言えるじゃないか」と破顔する。

子供扱いをされるのは悔しいけれど、褒められるのは……案外、悪くはなかった。

「いろはは言えるだろう? 字は読めるのか?」

「馬鹿にするなよ。かなくらいはわかる」

「それは助かる」

その笑みから目を逸らして、今度は別の絵入りの草子《そうし》をぱらぱらとめくると、知里には読めない漢字ばかりだった。

「でも、これは、全然読めないや」

「ああ、漢字が多いからな。これは『通俗伊蘇普物語《つうぞくイソップものがたり》』と読むんだ。イソップという、ギリシャの哲学者が書いたものだ」

「ふうん……」

ギリシャってどこだろう。

その問いを見透かしたのか、広瀬は知里の手を引いて部屋の片隅に置かれた丸い模型を示した。

「地球儀と言うんだ。私たちの住んでいるこの世界を模したものだ」

ここが日本だ、と指さされて知里は目を丸くする。

「――こんなに小さいの……?」

驚いた。無限の広さと思われた日本も、その模型の上では小さな小さな島だった。

「そして、ここがギリシャになる。あとは、そうだな。今、私の兄はここにいるんだ」

彼は地図の一点を指さした。

「上州はどこ?」

「おまえの家はたぶん、このあたりだな。そしてここが、東京だ」

日本がこんなに狭くて小さいとは思わなかった。

ここと言われたところを指さされても、東京とは大差がない。

あんなに遠く離れていると思っていたのに。

世界はものすごく広いんだ。その事実に、知里は驚くほかなかった。

「ギリシャでも、漢字を使うの？」

「ああ……おまえは思いもよらぬことを聞くんだな」

くすっと広瀬は笑った。

「この本は、日本の人間がギリシャ語を日本の言葉に訳したんだよ。イソップはこんな遠くに住んでいる紀元前の人間なのに、現代にも通じる普遍《ふへん》的な物語を書いているんだ。すごいことだろう？」

「えーっと、紀元前って……なに？」

ついでにいえば、普遍的という言葉の意味も理解できなかった。だが、一度にあまりにもたくさんのことを聞くのも気が引けた。

「何千年も昔の人物だということだ。どんなに時間が経っても変わらない本質というものが、人間にはあるんだろうな」

広瀬のまなざしが穏やかに和む。時折見せられるその視線に行き合うと、どうすればいいのかわからなくなって、知里はつい俯いてしまう。

「違う国か……いつか行けるようになるのかな」

「船を使えば行けるよ。時間はかかるが、どこへなりと。ただ、言葉の問題はあるが」

「言葉……」

「もっとも、おまえは日本語から勉強をし直さなくてはならないな」

からかうような声音に恥じ入り、知里は口を噤《つぐ》んだ。

不意に、沈黙が訪れる。

「——今夜だけ、おまえの意見を聞いてやろう」

低い声が鼓膜を震わせ、知里は思わず顔を上げた。

「なに？」

「今夜から男に抱かれる方法を、嫌というほどたたき込んでやろうと思っていたんだが……まだ、おまえを木内から買い取っていない。どうするかは、おまえに任せよう」

ごくりと知里は息を呑んだ。

「い、いいよ……あんたに任せる」

「そうか。だが、それにしても、その言葉遣いがよくないな。もっと自然に媚《こび》を売れるようになると一番いいんだが」

広瀬は突然知里の右手を握ると、それを持ち上げて唇を寄せる。

「なにすんだよ……！」

「私の愛人に……いや、男娼になるのだろう？」

囁くようなその口調には、ぞっとするほど蠱惑《こわく》的な毒が含まれている気がした。

「……そう、だけど」

「この館にいるあいだは、おまえは私だけの男娼だ。覚えておきなさい」

とくん、となぜか胸が高鳴る。

緊張しているのかもしれない。あっという間に喉がからからになってきた。

「おいで」

知里の手を離した男は廊下へ向かい、先に立って寝室へと歩いていく。

そして、知里のために扉を開けた。

「――」

知里は一瞬、戸口で足を止める。

この先のことを知ってしまえば、もうやり直しが利《き》かなくなるような気がした。

「嫌なら無理をすることはない。それがおまえの意志なら」

「やめたら、どうなるの？」

「使用人になればいい。しばらくただ働きをすればいいだけの話だ」

天蓋《てんがい》付きの寝台に腰掛け、彼は微笑する。

「どうする？　しっぽを巻いて逃げるか？」

どうせ知里に男娼ごっこなんてできるわけがない、とでも言いたげだった。

その挑発するような口調に導かれ、知里は後ろ手に寝室の扉を閉めた。

本当は、緊張で胸がいっぱいだった。

男子たるもの、こうあれという理想論を父によってたたき込まれているだけに、知里は他人に向かって躰を晒すことにも頭を下げることにも、強い抵抗があった。

けれども。

自分には、やらなくてはいけないことがある。そう決めたのだ。

「どうすればいいの？」

「どうすればよろしいですか、だろう」

「だって俺、あんたのことを顎で使えるようになるんじゃないの？　客を選ぶ権利をもらえるんじゃなかったのかよ」

緊張を気取《けど》られたくなくて、わざと強気な口調で言い放った知里の言葉を聞いて、広瀬は皮肉げに笑った。

「それは、おまえが相応の技巧を身につけてからだ。今のおまえは、年増《としま》の女郎にも劣る」

かあっと頬に朱が走る。

「じゃ、どうしろって言うんだよ！」

焦《じ》れて怒鳴った知里の瞳を真っ直ぐに見据え、広瀬は傲然と顎を振った。

「私はおまえにとっては『旦那様』だろう。きちんと頼んでみなさい」

頼めと言われたところで、どうやって頼めばいいのかわからない。

「こちらへ来て、膝を突いて頼みなさい」

黙したままのろのろと広瀬の元へ歩み寄った知里は、その場に跪《ひざまず》く。

「言えないのか？」

「——お……教えて、ください」

「何を？」

「だから、その、どうやったら、いいのか」

「今ひとつ媚び方が足りないな。私の言うとおりに口にしてごらん」

その先の言葉を吹き込むように、広瀬は知里の鼓膜に淫らな台詞《せりふ》を注ぐ。

「……それ、言わなくちゃ……いけないの？」

「当たり前だ」

知里は逡巡したが、こんな最初の段階で脱落したら、一生この男に馬鹿にされそうな気がする。

勇気を振り絞って、彼の告げた言葉をなぞるために口を開いた。

「どうやったら、旦那様の快楽にお仕えできるのか、教えてください」

「——よかろう」

甘さなど欠片もない声音が、知里の耳に届く。

「私の靴に接吻しなさい」

「やだよ！」

「どうして？」

できるわけがない。いくらぴかぴかに磨き上げられているといっても、草履《ぞうり》や下駄《げた》と同じように、彼はこの靴で外を歩いているのだ。

「こんなの、汚いじゃないか……！」

「主が黒と言えば黒、白と言えば白。それが使用人の務めだ。同じように、私がこれは清潔だと言えば、綺麗なんだ」

「……っ」

そんなのは詭弁《きべん》というか、ただの嫌がらせだ。

泣き出したいくらいの悔しさに全身を包まれたが、それも仕方がないのかもしれない。

これは、己の運命を、知里自身が選択した結果なのだ。

彼は知里に、服従の証《あかし》を求めているのだ。

男はもう、何も指示しようとはしなかった。

彼のその瞳を見たらまた反発の言葉が口を衝《つ》いて出てきそうで、知里は項垂《うなだ》れてしまう。

——諦めるほか、ないのだ。

意を決して、知里は男の黒い靴に唇を押し当てた。

靴からは革と靴墨《くつずみ》の匂いがする。軽く唇で触れただけで顔を上げると、自分を見下ろす広瀬の視線が絡みついた。

「う……」

知里は泣き出しそうになりながら、自分の口元をごしごしと手の甲で拭った。

「このあとどうすればいいか、わかるか？」

そう問われて、知里はゆるゆると首を振る。

飯盛り女を軽蔑しつつも、躰を売るということを漠然としか知らなかったからだ。

「それで躰を売るだの何だのと言っていたのか。大したものだな」

揶揄《やゆ》する言葉は、いちいち的確に心に突き刺さってくる。まるで、知里自身の視野の狭さを嘲《あざ》笑《わら》われているようだった。

「まあ、おまえもまだ何もわかってはいないのだろう。最初から、あまり過激なことをさせるのも酷というものか」

独白じみた言葉を呟き、男は知里にそっと手を差し伸べた。

頬に触れた指先は、驚くほど温かい。

「もう二度と忘れられぬよう、おまえの躰にしっかりと教え込んでおいてやろう。快楽とは、どんなものなのか」

「な、にを……」

「快楽というのは、他人から与えられるものではない。おまえの躰の中にあるものだ」

広瀬は知里の肩を摑み、ぐうっと引き寄せる。

「広瀬、」

「旦那様と呼べ」

「旦那様…っ」

なすすべもないまま寝台に組み敷かれ、知里は動揺のあまり悲鳴に近い声を上げたが、広瀬はまったく気にしなかった。それどころか、楽しげにさえ見える。

「何すんだよ！」

「房事《ぼうじ》をまったく知らぬとは、随分うぶな男娼志願だな」

「やめてよ……よせってば！」

朝、知里があれほど苦労して留めた釦《ぼたん》を容易く広瀬は外し、服を剝ぎ取ってしまう。

他人の前に裸体を晒されるという頼りなさと、これからの行為に対する恐怖に、心臓は早鐘のように脈を打ち、全身に冷たい汗が滲む。

目を見開いて広瀬を見つめたところで、彼が頓着《とんちゃく》する様子はまるでなかった。

「唇は、勘弁してやろう。女郎でさえもそこは好きでもない男には許さぬものだ」

「き、昨日……口に……」

「昨日は特別だ。あのときのおまえは男娼ではないだろう?」

「わかんな……」

「男娼じゃないからこそ、唇をもらったんだよ」

小憎らしく言い返した広瀬の指が、まるで検分するかのようにゆるゆると膚の上を這い回り、知里の裸の胸に触れる。

「………」

悔しさと羞恥に頬が真っ赤になるのが、自分でもわかった。

「恥ずかしいのか?」

揶揄するような声に、知里は頷くことはない。

それを認めたら最後、何もかもこの男に屈服してしまうような気がしたからだ。

「まったく、素直じゃないな」

笑いを含んだ口調で広瀬は言って、知里の胸の右の突起をぎゅうっと押し潰した。

「痛っ」

思わず、悲鳴に近い声が漏れてしまう。

「どうした?」

「やめろよ!」

「いずれ、これがよくてたまらないと思えるときがくる」

「……ん……ッ……」

親指の腹で小さな突起を弄《いじ》られて、その痛みに涙が滲んだ。

自分のものじゃないみたいな発音が恥ずかしくて、知里は唇を噛み締める。

「おまえの躰がどうなっているのか、調べてみなくてはならないな」

「そう、なの……？」

「ああ。男娼として機能するかどうかを」

知里は両手で涙を拭い、自分に覆い被さる広瀬の美貌を見つめた。

彼の瞳は冴《さ》え冴《ざ》えとした月のように美しく、そして冷たい。

「具合を確かめてほしいとお願いしてごらん？」

広瀬は知里の胸から手を離し、そう囁いた。

「――か、躰、見てください」

広瀬に両腕をがっちりと摑まれたまま、押し殺した声で知里がそう訴えると、彼は喉を鳴らして笑った。

「それくらいなら、子供にだって言える。もっと色っぽくできないのか？」

「旦那…様」

喘ぐように知里はそう口にした。色っぽい言葉なんて、咄嗟には思いつかない。

それでも、広瀬を喜ばせるようなことを言わなくてはいけなかった。

「俺の……からだ…、…試して、みて…くださ……」

「なぜ、そうしてほしいのか言ってごらん」

おかしい。こんなことで泣くほど、自分はやわじゃない。

それに、乳首をくっと押し潰されたときのその感触は、ただ痛いだけのはずだ。

なのに。

指で捏《こ》ねるように両方の突起を弄られて、その痛痒《いたがゆ》い刺激に知里は自然と身を捩った。

「……からだ、を…、…だん、な…さま、に」

じんと頭の奥が痺《しび》れ、知里は粘つくように乾き始めた唇を開いて言葉を探そうとした。

だが、舌がもつれて、言葉が出てこない。

「今から何をされるのか、わからないのだろう?」

もはや強がっていても仕方なかった。

知里はこっくりと頷き、大きな瞳に困惑の色を滲ませて広瀬を見上げた。

「男娼になるからには、客を悦《よろこ》ばせなければならない。そのためには、どうすれば相手が気持ちよくなるのか知らなくてはな」

「じゃあ、俺、気持ちよくなるの……?」

知らなかった。今から自分は、気持ちがいいことを教わるのか。

男娼になるということが、相手を気持ちよくすることだったなんて。

「そうだ。たとえば、ここを舐められれば、嫌でも感じるようになる」

そう囁いて、広瀬は知里の乳首を口に含む。

「ッ」

軽く噛まれて痛みに知里が悲鳴を上げても、彼はやめてはくれなかった。

「感じるって、何、を……？」

「だから、気持ちいいということをだ」

呆然とする知里の額に唇を押し当て、彼は意地悪く微笑む。

「おまえは私に快楽を得る方法をたっぷり教わって、ほかの男にそれを分け与えるようになる」

漠然とした概念を突きつけられて動揺する知里の下肢《かし》に手を伸ばし、広瀬は性器に触れた。

「なに…っ！」

「ここも、男に触れられれば、いずれ溶けそうなくらいに気持ちいいと感じるようになるだろう。たっぷりよがるのが、おまえの仕事だ」

「う、うそ…っ……やだ……！」

まさかそんなところを触れられることになるとは思わず、驚きのあまり知里は身を捻《ねじ》って彼の手から逃れようとした。

「どうした？　何が嫌なんだ？」

そう言いながらも、広瀬は手を動かすことをやめなかった。

「そん、…なとこ……触んなよ…っ……！」

こうやって敏感で心許《こころもと》ない部位を包み込むように弄られて、知里の躰は恐怖に竦む。

そこを押さえ込まれてしまえば、首根っこを摑まれたも同然だ。

「おまえの躰を確かめてやってるんだ。少しは我慢しなさい」

「う…っ…、くう……やだ……やだよ……」

立てた両膝を開かれて恥ずかしい部分を晒し、彼の手で弄られる。

惨《みじ》めで情けないだけの行為のはずなのに、躰の奥がじんわりと痺れてきて、全身に汗が滲んでいく。甘い熱すら、下腹に生まれてくるような気がした。

これが気持ちいいって……ことなのだろうか。

「ほら、濡れてきただろう？」

いつしか、広瀬が指を動かすたびに、ぐちゅぐちゅという濡れた音が聞こえ始めていた。

「え……？」

「触ってごらん」

触るように促されて、知里は自分のそこに手を伸ばしてみる。形を変え始めたものがしっとりと湿ってきており、その事実に知里は焦ってしまう。

「——な、んで……？」

「自分で弄ったことがないのか？」

ぞっとするほど低く甘い声が鼓膜に注ぎ込まれ、知里は曖昧に首を振った。

村の悪童に唆《そそのか》されて自分で触れたことはあるけれど、こんなに気持ちよくはなかったし、特に興味もなかったから知里はそれきり自分ですることはなかった。

「おまえはいやらしい真似をされて、悦ぶ習性を持っているんだよ」

「違う……違う、そんなの…っ……」

言葉の意味がよくわからなくても、声音に軽蔑の色が含まれている気がして、知里は必死でそれを否定しようとした。

この行為で快感を覚えてしまうのがいけないことなのだと、広瀬の口ぶりからもわかる。気持ちよくなったら、きっと馬鹿にされてしまう。だから我慢しなくては。

「感じているから、こんなにとろとろに溢れさせているんだ」

彼は低く笑いながら、知里のあれを殊更執拗《ことさらしつよう》に弄り回した。

「…ん、んっ…もう、…やだあ……」

己のものだとは信じられぬような、甘ったるい途切れ途切れの声が寝室に響く。

その事実に戦《おのの》くいとますらないうちに、知里の躰は広瀬の手でひっくり返されていた。

一度意識し始めると、快楽に脳が浸蝕《しんしょく》されていきそうな気がした。

「まだ、次がある。泣くのはやめなさい」

膨れ上がって反応した部分が寝台に触れ、張り詰めたところを刺激されてしまう。たかが布が皮膚に擦れる感触であっても、今の知里にはたまらない快楽を与えた。

ぎゅうっと両手で敷布を握り締めて、知里は自分の躰を襲う不可解な五感の揺れに耐えようとした。けれども、出口を求めて無意識のうちに躰を動かしてしまう。それを寝台に擦りつけると、その刺激が気怠《けだる》い悦楽となって知里を襲った。

「あ…ッ…」

じわじわと下腹に熱が溜まってくる。それは知里の下肢を疼《うず》かせ、行き場のないもどかしさで満たした。

「ど…して…、……なん…で…っ…」

知里は溢れ出しそうになる涙を堪えながら、懸命に広瀬に尋ねた。

腰は勝手に揺れて、さっきから敷布をべとべとに汚してしまっている。

「最初は、慣らすだけにしてやろう。慣らしてほしいと頼んでみなさい」

答えも与えぬまま、いやに優しい声で男は囁いた。

「…な…にを……、んっ…あう…っ……」

まるで熱に浮かされたように、知里は口を開く。

「喘いでばかりいないで、ちゃんと言いなさい」

からかいを帯びた広瀬の声音に反発する余裕など、知里には欠片《かけら》も残されていなかった。

「知里の躰に、私を受け容《い》れるために慣らしてほしいと」

「……知里の…か…らだ、……旦那様を……」

脳がじわじわと痺れてくるような、そんな気がする。

「…受け容れる…ために、……慣ら…て…くださ……」

ぬるぬるになった部分を握り込まれ、知里はいつしかそう哀願していた。

「いいだろう」

ご褒美だ、という囁きとともに、知里の性器を包み込む男の指が巧みに動く。

躰中を汗や体液が濡らしており、濡れてないところなどどこにもなかった。

どうしよう、おかしくなっちゃう。

必死で腰を振るうちに、ただ甘い声だけが漏れた。声を出していれば、躰に籠もる熱を少しでも逃がすことができ、楽になれるような気がした。

未知の経験ではあったが、放埒《ほうらつ》が近いことを知里は無意識のうちに感じていた。

「…っく、…あ……ッ！」

全身を貫くような感覚と共に熱いものが弾け、知里は呆然と目を見開いた。

初めて味わう快楽はあまりに大きかった。躰は間欠的《かんけつてき》に震え、白濁は知里の下腹をべっとりと汚してしまう。

「たっぷり出たな。人に触られるのも、初めてか？」

彼はそう囁いて、知里が放ったもので濡れた指を舐める。そして、知里の躰を半分に折るよう

にして組み敷くと、双丘《そうきゅう》の狭間を指先でなぞった。

「あ……」

信じられぬ部位を辿《たど》られて、知里は目を瞠った。

「な、に…すんの……？」

「おまえの躰には、男を溺れさせるための器官がついている。それを忘れないように、仕込んでおいてやろう」

濡れたものがそこに触れて、知里は驚いて身を捩った。

本能的な恐怖に、全身が強張る。

「いやだ……いやだ、いやっ」

彼の舌で蕾《つぼみ》を舐められると、卑猥《ひわい》な水音があたりに響くような気がした。

「随分そそることを言ってくれるものだな。そんなに嫌か？」

「…いや…に、決ま…っ……」

「自分から躰を売りたいと言ったのだろう？」

口元を両手で覆えば声は漏れないかもしれないが、それでも広瀬の与える不可思議な感覚から逃れることは難しかった。何よりも、躰に力が入らない。

「……ちくしょ……」

悔しくてたまらなかった。

気を抜けば、広瀬が与えるその『快楽』に屈してしまいそうだった。

いや、違う。広瀬に与えられているわけじゃない。

自分の中にある『何か』を、この男は引き出そうとしている。なのに、それを見極めることもないままに、我を忘れて溺れてしまいそうで、それが怖い。

そう思い知らされても、知里は男の腕の拘束から逃れることはできぬままだ。

「ん、っく……ふ……あっ」

ぬるぬるとした器官でそこを辿られるたび、自分のものとは思えぬ声が溢れる。

「いい声で鳴けるじゃないか」

からかうような口ぶりに、知里は自分がどれほど情けない真似をさせられているのかを、改めて思い知らされることとなった。

「恥ずかしいだろう？　ほら——こんな風に、私の意のままにされているんだ」

広瀬はそう囁いて、蜜を零しながら儚《はかな》げに震える知里の性器をそっと握った。

「…ッ…」

「ここを舐めてもらうのは、よくてたまらないみたいだな。また反応している」

ただ彼に自分の躰の様子を説明されているだけだというのに、まるで恥ずかしいことでも言われているように全身が火照ってくる。

「やだ……いやだ、嫌……いやっ」

自分が、見知らぬ自分になってしまうことが――怖い。何よりも怖い。

「たっぷり嫌がって、客を悦ばせてみることだ。そうやっておまえが羞《は》じらって泣き出すのが、男には愉《たの》しくてならないんだからな」

「……っ」

ぐちゅっという嫌な感触とともに、何かが知里の中に押し込まれた。

激しい異物感に知里は必死で抵抗し、彼を押し退《の》けようとする。

「いや……もう、…やめて……！」

「指を挿《い》れられたくらいで騒ぐんじゃない」

広瀬は低く呟くと、不意に――知里の性器を口に含んだ。

「や、めろ……ッ」

ぬめった温かい口腔に包み込まれ、自然と腰が震えた。そうでなくても感じ続けていた躰は、広瀬の狡猾《こうかつ》な技巧の前には屈したも同然だった。

逃げようと抵抗しても、広瀬は前をしゃぶりながら、ぐちゅぐちゅと音を立てて窄《すぼ》まりを刺激してくる。内側を爪で引っ掻かれて、知里は身も世もなく泣きじゃくった。

「もう、…いや…っ…」

「どうして？」

顔を上げ、広瀬は啜《すす》り泣く知里に尋ねる。

「…こ……なの、…変…だ……」

「おかしいものか。おまえはこのうえなく正常だ。一番いやらしい姿を剝《む》き出《だ》しにして、私に見せているだけだろう?」

「だっ…て、…もう……」

彼はそう囁くと、知里の性器を摑んで片手に包み込み、戯《たわむ》れに扱《しご》き始めた。

「——そうか……どうしてこんなに嫌がるのかと思えば、おまえは怖がってるんだな。快楽を知ってしまうことが、そんなに怖いのか」

啜《すす》り泣くだけの知里にはもはや理解できない言葉を告げ、広瀬は低く笑った。

「あ……あァ、やだ……放ッ…」

出ちゃう……。

「ここにどうやって私を受け容れるのか、いずれ、その方法を教えてあげよう」

ぐるりと指を回されて、頭の奥が真っ白になる。

「おまえは、私でなければ達《い》けないようにしてやる」

そう囁いて、広瀬は再び知里を口に含んだ。根元からを丹念に舐められて、敏感な先端を執拗に弄られる。

それだけで知里は気が狂いそうだった。

気持ちよすぎて、変になってしまう……。

二度目の絶頂はすぐにやってきた。

「あ…ぁあ…ッ！」

堪えるすべもないまま、知里は再び広瀬の手の中に白濁を吐き出してしまう。

全身を甘い快楽が満たす。もう、広瀬に抵抗する気力など欠片も残っていなかった。

「いい子だ。毎晩たっぷり可愛がってやろう」

荒く息をついているうちに、疲労のせいなのか、気怠い眠りが知里の足を捉えていく。

「わかったか？　——知里……」

信じられないくらいにやわらかな声音で名前を呼ばれると、心臓が震えてしまう。

どうしてそんなに、優しい声で名前を囁くのだろう……？

彼の唇がこめかみのあたりに触れるのがわかったが、それを払いのける気力もない。

知里はそのまま、睡眠という名の奈落に落ち込んでいった。

4

――まだ躰に、何か入ってる気がする。

痛みはさほど残っていなかったが、躰の奥にある違和感。それだけは消し去れない。

おかげで、広瀬と顔を合わせるのが気鬱《きうつ》だった。

あの男に思いきり泣き顔を見せてしまった。そのことが我ながら、情けない。

「元気ないですね、知里さん」

メイドの一人に話しかけられて、食堂でお茶を飲んでいた知里は顔を上げた。

「そうかなあ」

「旦那様のお相手ができるなんて、私なら羨ましいですけど」

知里としては、代わってあげたいくらいだ。正直に言えば。

「旦那様なんて、若いのに働いてもいないみたいだし、ただの怠《なま》け者じゃないか。そりゃ、顔はいいけど……ほかはいいところなんて、全然ないよ」

「でも、昔はお仕事をなさっていたそうですよ」

「え？　そうなの？」

あの意地悪で我が儘そうな広瀬に、いったいどんな仕事ができるっていうのだろう。

「それに、華族様だからって気取ったところもないし、私たちにもとても良くしてくださるでしょう。身分を気にしない華族様なんて、滅多にいないのよ」

そうだろうか。それにしては、知里には随分偉そうな態度ばかりするけど。

そのあたりを聞きたかったのだが、会話はやって来たトメによって遮られた。

「知里、秋成様がお呼びですよ。応接間に来るようにとのことです」

「はーい。ありがとう」

知里ははにかんだように笑うと、言われるままに応接間へと向かった。

ちなみに応接間は中心の棟にあり、玄関を入ってすぐの場所にある。

扉を何度か叩くと、「——どうぞ」と答えが返ってくる。

知里は言われるままに、部屋に足を踏み入れた。

「あっ」

ソファに座っている人物を認めて、知里は目を見開く。

そこにいたのは、あの女衒《ぜげん》の木内だった。

突然のことに、びくりと躰が強張る。知里は、無意識のうちに数歩後ずさった。

「広瀬様に聞いて、まさかと思ったが……おまえ、こんなところに逃げ込んでいやがったのか！」

男は腕を振り上げ、知里を捕まえようと椅子から立ち上がる。

知里はあまりの勢いに気圧されかけたが、それでも木内を睨み返すことは忘れなかった。

もしかして、自分は広瀬に騙されたのだろうか。

一度知里を試してみたから、もう用済みになったとか。

知里の背中を、冷たい汗がつうっと伝い落ちていく。

「待て、木内。この子がおまえの買った子なんだろう？」

「へえ。そうでございます」

椅子に座り直した木内はふてくされた顔で、広瀬の問いに答えた。

「頼んだとおり、この子を雇ったときの証文は持ってきてくれたか？」

「はあ……」

歯切れの悪い口調で返事をしながら、木内は戸口に立ったままの知里を眺め回した。

「実はね、私はこの子を気に入ったんだ」

「広瀬様が、でございますか……？」

「そうだ。この子が見つかったら、私が水揚げする約束だったろう」

男の目が下卑た輝きを帯びたような気がした。

嫌な顔つきをする男だ、と知里は内心でうんざりしてしまう。

こんな奴に騙された自分が、情けなくてならなかった。

「いくら広瀬様といっても、しかるべき金額を払っていただけなければねえ」

「それくらい、わかっている」

広瀬は微笑し、木内に茶を勧める。

「彼の支度金を私が肩代わりし、買い取りたい。どうだろう？」

「ですが、こいつにはいろいろ元手がかかってるし、初物《はつもの》好きの旦那から水揚げの予約が入っておりましてね。そちらにもお詫びしなくちゃなりませんし、とても支度金のまんまってわけには」

知里の水揚げは広瀬にさせるって……言ったくせに。

子供にもわかる、嘘だった。

「なるほど。だったらおまえには三百円を支払おう。それでどうだ？」

「さ、三百円……!?」

我慢しようと思ったのに、知里は思わず頓狂《とんきょう》な声を上げていた。

その額には木内も驚いてしまったらしく、変な声で呻《うめ》いたまま硬直している。

三百円といえば、とんでもない額だ。

このご時世では百円あれば、一家四人が半年は遊んで暮らしていける。

一杯で一銭のかけそばならば何杯食べられるだろうと、知里は咄嗟に指を折って計算してしまいそうになった。

「文句はないな？」

「そりゃ申し分ありませんが」

「三國。彼に支払いをするから、金を」

「かしこまりました」

控えていた執事は一礼してから下がると、すぐに小さな箱を持ってきた。

「私の気が変わらないうちに、この子を売り渡す証文を書いてもらおうか」

「へ、へえ」

木内はさらさらと紙に何かを書き付けて、そこに拇印《ぼいん》を押す。

それを見て、広瀬は満足したように頷いた。

「なんて書いてあるの？」

「知里に関する一切の権利を、金参百圓《きんさんびゃくえん》でもって手放します、と書いてあるんだ」

広瀬はそう説明をした。

「あとは、知里を買ったときの証文をもらおう。それで取引は成立するはずだ」

「へい、どうぞ」

男はそう言って、懐《ふところ》から知里にも見覚えのある一枚の紙切れを取り出す。

こんな紙切れ一枚で、知里は家を捨てることになったのだ。

代わりに手の切れそうな新札を手渡され、男の顔が喜びに歪む。

「この件は他言無用だ。いいな？」

「勿論《もちろん》でさ」

粗末な書き付けを見ていた広瀬は、やがて手を伸ばしてそれを破り捨てる。そして、皿の上に紙片を載せると、燐寸《まっち》を擦って紙くずに火を点した。

この瞬間から、自分はもう広瀬のものになったのだ。

知里はこの男に買い取られて、もう二度と戻ることはできないのだ。

引き返す道は、どこにもない。

今更のように、知里はそう思った。


「――おや……」

買い物から戻った広瀬は、廊下を見回して思わず声を上げる。

廊下に面した窓が、それとわかるほどに磨き上げられていたからだ。

「あら、秋成様。お帰りなさいませ」

せかせかとあたりを歩き回っていた女中頭のトメは、広瀬を目視《もくし》して頭を下げた。

「今日はいやに丁寧に掃除をしているじゃないか」

「ああ、これは知里なんですよ。当面は、家の中の掃除を手伝ってもらおうと思ってるんですけどね、あれでなかなか一生懸命働いてくれて、助かってます」

「そうか」

ふと口元が綻びる。可愛らしい外見に反して、知里は生意気で芯が強そうなじゃじゃ馬だと思ったのだが、彼にもそれなりに見所はあるようだ。

「だが、この屋敷に来てまだ一週間だ。最初から頑張りすぎると躰を壊すかもしれない」

「家じゃ百姓仕事の手伝いをしていたっていうし、働くのは苦にならないようですけどねえ」

「そうか。それならいいんだが」

相槌を打つ広瀬を見て、トメは急に真顔になった。

「あんなに可愛くて素直な子を慰み者にしようっていうんだから、秋成様はどうかしてますよ」

「あの子を買い取ったのは私だ。どうしようと私の勝手だろう？」

「だって、愛人なんて……あんまりです」

嘆くような口調に、広瀬は肩を竦《すく》めた。

「退屈でしたら、昔みたいにお仕事をなさったらどうですか？　そうすればあの子に無体なことをしようなんていう気は……」

「考えておこう」

幼い頃から面倒を見てくれているトメが広瀬の将来を案じるのはわかるが、かといって、お説教は御免だ。

その場を立ち去った広瀬は、二階の書斎へと向かった。

五年前に建てたこの洋館はまだ真新しく、随所に広瀬の好みを取り入れている。

昨今では洋館が増えてきたものの、こうして広瀬のように邸内でも靴で通す者は珍しく、それも広瀬が物好きだと言われる一因だった。トメ以外のメイドには一貫して洋装をさせているから、その点もまた珍しいのだろう。

洋館であっても、畳の部屋に絨毯《じゅうたん》を敷いて椅子とテーブルを置くというスタイルを取る家も多いが、広瀬の好みではない。畳の部屋が欲しければ、昔ながらの和風建築にすればいい。そんなところまで、無理に西洋化する必要はない。和洋の長所を巧みに取り入れた設計もできるはずだ。

欧州に留学し、本格的な建築について学んだ広瀬にしてみれば、今の日本の流行はあまり好ましいものではない。

和には和の、洋には洋の良さがある。それを認めずに西洋が一番だと考えることは、鹿鳴館に代表される極端な西洋化に似ていて、愚かしいとしか思えなかった。

自分だったら、もっと——そう考えて広瀬は肩を竦《すく》めた。

詮《せん》無《な》きことだ。

「…………」

前方に人影を認めてふと足を止めると、廊下の真ん中に知里がいる。

彼は椅子に乗って、懸命に背伸びをしながら窓を拭いているところだった。

「よいしょっと」

仕立てたばかりの洋服を身につけ、きゅっきゅっと一生懸命窓を拭く様子が微笑ましい。

トメの言うとおり、仕事ぶりは真面目なようだ。

言葉遣いはいかんともし難かったが、それは本人が粋《いき》がってあえて乱暴に振る舞っているところもあるようなので、おいおい直すことはできるだろう。

成り行きとはいえ、こんなことになったのが面白かった。

広瀬としては、使用人を雇うつもりだっただけなのだが。

だが、知里が男娼になりたいなんて言い出すものだから、売り言葉に買い言葉でこちらも受けて立ってしまった。

ならばこっちも男娼に相応しく、房事を教育してやるまでだ。

そもそも広瀬の好みは、もっとおとなしくて美しい青年なのだ。顔だけなら合格点だが、知里みたいに生意気な跳ねっ返りは、興味の対象とは正反対だ。

なのに、挑むようなあのまなざしと意地を向けられると、思わずねじ伏せてしまいたくなる。

「うう……」

爪先立ちになって、知里は手の届かない上のほうを拭こうとしている。

そこは誰も手を出さないため、いつも汚れが残ってしまうのだ。

「精が出るな」

振り返った知里は広瀬の姿を認めて、「――仕事だから」とどこか硬い声音で返答した。

それきり、彼は再び掃除を始める。

彼がまだ広瀬に対して心を開く気がないというのは、間違いないようだ。

もっとも心を開かせたくて下男にしたわけではないのだから、それはどうでもいい。

貧しい家に生まれた知里が、華族として何一つ不自由したことのない広瀬にわだかまりを感じていても、無理はないだろう。彼は十四歳にして家族と引き離され、おまけに陰間茶屋に売られてしまいそうになったのだから。

広瀬が絶対に体験することのない、苦労を強《し》いられているのだ。

――らしくない発想だ。

どうも、知里の健気さというものに当てられてしまっているらしい。

「頑張りすぎて躰を壊さぬことだな。おまえには、随分金がかかっているんだ。病気でもされたら面倒だ」

「わ、わかってるよっ！」

顔を真っ赤にさせてそう怒鳴りつけた拍子に、彼は均衡を崩してしまう。

「あっ」

咄嗟に広瀬は手を伸ばし、落ちてきた知里の華奢な躰を受け止めた。

軽い。

このまま消えてしまうのではないかと、広瀬は思わずその躰をぎゅっと抱き締める。

初めて抱き上げたときも、まるで羽のように軽いと思ったものだ。

もっと栄養をつけさせてやったほうがいいのかもしれない。

「危ないな。気をつけなさい」

「……わかったから、離してよ…」

面白がって彼の身体をますます強く抱き竦めると、腕の中の知里は焦れてもがいた。

彼は広瀬のことを、主人だと思いたくはないのだろう。知里のそんな幼い精神構造くらい、広瀬には手に取るようにわかった。

それが可愛いのだ。

「こういうときは礼を言うのが先だろう?」

「――えっと……ありがとうございます」

不機嫌な声音が返ってきて、それがかえって広瀬の興《きょう》を誘う。

「よしよし」

思わず頭を撫でてやると、知里はますます赤くなって口を開いた。

「こ、子供扱い……しないで、くださいっ」

「ああ、それは悪かった」

しれっとした顔で言い抜けて、広瀬は知里をじっと見つめる。

思い通りにならぬ相手だからこそ、よけいに面白い。

家族のために己を犠牲にすることも厭《いと》わぬ知里の心根は美しいものかもしれないが、それは同時に、広瀬には疎《うと》ましくもあった。

知里は真っ直ぐで健気で、そしてどこまでも純粋だ。一応は警戒心はあるようだが、すぐに他人に気を許してしまう人の好《よ》さもある。

幼さゆえのその美点の一つ一つが、広瀬にはひどく眩しい。

だからこそ、そんな知里を辱《はずか》しめたくなってしまう。

「じゃあ、大人扱いしてやろう」

知里の躰を抱き締めたまま、広瀬は口元を歪めて笑みを作った。

「許可ももらったようだしな」

「え……えっあのっ」

その躰を床に降ろすと、そっと窓に押しつける。

そして、彼の瞼《まぶた》に唇を落とした。

「旦那様…！」

「じっとしておいで」

彼の膚に自在に唇を押し当て、無垢《むく》な躰と心に自分が主人だと教え込む。

その歪《いびつ》な快楽。

唇に触れないことだけが、広瀬なりの優しさのつもりだった。

「――知里……」

耳元で密やかに囁くと、諦めたように彼は躰の力を抜いた。

「知里」

もう一度その名前を呼べば、思っていたよりもずっと、まろやかなで甘い発音になってしまう。

そのことに広瀬は、常ならぬ感傷を覚えていた。

5

玄関から道路までの道を掃き清めながら、知里はため息をついた。

門の脇では御者が馬車の支度をしており、広瀬が出かけるところのようだ。

成り行きと偶然からこの屋敷にやって来て、二週間が経つ。

驚きの連続とはいえ、知里もようやく環境に馴染《なじ》み始めていた。

洋服を着て、靴を履いて暮らすことにも慣れた。お屋敷についての知識も増え、順応してしまうのだから、人間というのはすごい生き物だ。

とはいえ、何もかもが豪奢で贅沢なこの館は、俗世間とは隔絶されているような気がする。ここに慣れたら、今度は世間についていけなくなりそうだ。

出入りの酒屋や八百屋にこっそりとこの家の評判を聞いてみたのだが、やはり近隣からは「お化け屋敷」と噂されているらしい。

——もっとも、あんなに綺麗な女中さんばっかりで、羨ましいですけどねえ。

それが彼らの感想で、あまりに現金な言葉に知里も笑ってしまったくらいだ。

この洋館は五年前に建てられたそうで、庭の部分はまだあまり手が入っていない。

それが人に、不気味な印象を与えるのだろう。

だが、意外なことに、広瀬はこの家の主として使用人たちからとても慕われていた。

あんな暴君なのに。

意地悪で、ずるくて、知里のことを泣かせてばかりのくせに。

それに……夜にはあんなこと、するのに……。

最初の晩に指を一本挿《い》れる練習をして、その次は二本。

二本入るようになれば、三本。

圧迫感と異物感を伴う行為は繰り返され、知里はそのたびに涙が涸《か》れるほど泣き、喘がされた。

そんなことをして何になるのか、知里にはまだよく理解できていなかった。

でも、わからないなんて言えば広瀬にはうぶだとからかわれるから、聞くことはできないし、教わったこともない。

ただ、「今夜はここまでにしておこう」と広瀬がしばしばそう言うからこそ、この行為にはもっと先があるのだと、知里もいつの間にか悟っていた。

彼に、触れられること。それが少しずつ気持ちいいと思えるようになってきた自分は、やっぱりいけない子なんだろうか。

その営みを思い出してしまって、知里はかあっと頬を染めた。

広瀬が自分を玩具にして楽しんでいるだけだと、自覚している。

なのに、焦らされると、知里はやるせないくらいのもどかしさを感じるようになっていた。

そんな風に何かを求めたことはなくて、自分がどこか変になってしまったんだろうかと、あとから思い出しては恥ずかしくなってばかりだ。

とはいえ、広瀬に『練習』を毎晩してもらうには知里の体力が保たないため、夜は勉強や立ち居振る舞いを教わることのほうが多い。それに、鹿鳴館で夜会がある晩は広瀬の帰りも遅く、そんなときは一人で本を読んで寝るように言いつけられた。

いずれ学校に行かせてくれると広瀬も言っていたけれど、信用なんてできない。

いずれって、いつだろう?

明日や明後日《あさって》じゃないことだけは、わかっている。

「母様、こっちこっち」

はしゃいだような声が聞こえてきて、知里ははっと顔を上げる。

今日は来客があるとは聞いていたのだが、門のところに徒歩でやって来たのは、まだ三つ四つとおぼしき幼子《おさなご》と若い母親だった。

知里は無言で頭を下げ、和装のその女性を見送る。

——母さん、か……。

ずきりと胸が痛くなる。

思い出さないようにしていた故郷の記憶が、知里の脳裏に甦ってきた。

両親は元気だろうか。妹は、弟はどう過ごしているだろう。

この冬を乗り越えるのに、必要なだけの金は手元に残っているのだろうか。

お人好しの両親が、知里のように誰かに騙されていなければいいのだけれど。

もしかしたら、何かの拍子に知里が女衒《ぜげん》に売られたことを知って、心配しているかもしれない。

いや、それよりも――あの女衒は、本当に広瀬との約束を守ったのだろうか……？

それらを確かめるためにも、家族の顔を見たい。顔を見ることはできなくとも、せめて手紙くらいは書けないだろうか。生まれてこの方手紙なんて書いたこともなかったが、何とかして、家族と連絡を取りたかった。

でも、それは広瀬には固く禁じられているため、我慢しなくてはいけなかった。

こうして働かせてもらえるだけでも、幸せだと思わなくては。

知里の食事も生活も、今までと比べものにならないほどよくなった。

食事はお腹一杯食べられるし、睡眠も以前に比べればたっぷり取れる。

おかげで、ここに来てから少し太ったような気がする。

そう言うと、広瀬は「おまえは痩せぎすだから、ちょっと太らないと抱き心地が悪い」と笑うのだけれど。

べつに、広瀬を喜ばせるために食事をしているわけじゃない。

「…………」

外でずっと作業をしていたせいか、手がすっかりかじかんでしまっている。

故郷の上州ほどの寒さではなかったものの、寒いものは寒かった。

どうして自分はここにいるのだろう。

親元から遠く離れて、友人たちからも引き離されて、たった一人で。

知里ははあっと掌に息を吐きかけ、指先を温めようとした。

「どうした、ため息なんてついて」

唐突に声をかけられて、知里はびくっと身を竦ませた。

「息が白いか、確かめてただけだ」

広瀬はいかにも仕立ての良さそうな外套に身を包んでおり、これから出かけるところのようだ。

知里があの日包まれたのは、あの外套かもしれない。

「俺の故郷じゃ、こういう日に、空から雪が降ってくる。花みたいに」

「ああ……風花《かざはな》か」

「うん」

知里はこくりと頷く。

「さぞや綺麗な眺めだろうな」

広瀬の口からそんな穏やかな言葉が出てくるとは思わず、知里は戸惑いを覚えた。

「家に帰りたいのか?」

不意に彼に問われて、知里はぎくりと顔を強張らせる。

故郷が気になるなんて言えば、どんな意地悪を言われるかわかったものではなかった。

それでも、顔を見ればすぐにわかったらしい。広瀬は低く笑った。

「珍しく素直だな」

「だって……やっぱり俺の家は、あそこだから……」

知里は小さく呟いた。この屋敷で暮らす日々がどれほど積み重なったとしても、知里の故郷は、家と呼べるべき場所はたった一つだった。

「――そ、それよりも、ええと、お出かけ……ですか?」

自分が敬語なんてものをすっかり忘れていたことに気づき、知里は慌てて取り繕《つくろ》う。

「おや、珍しいことが重なるな。私のことが気になるのか?」

悪戯っぽく問われて、知里はぶんぶんと首を振った。

気になるとか、そういうわけじゃない。

ただ、自分が仕《つか》える相手のことを知っておきたいだけだ。

「そうじゃなくて、さっきお客様がいらしたし、このあいだも夜会は九時からって」

「残念だな。もっと私に興味を持ってくれても、差し支えはないのに」

知里の憎まれ口をやすやすと受け止め、彼は口元を綻ばせて微笑みを作る。

「あれはトメの娘さんだよ。夜会の前に私も用事があるし、早く出るだけだ」

「夜会って、鹿鳴館……?」

「そうだ。おまえを拾ったところだよ。いずれ連れていってやろう。おまえにダンスを仕込んで、お披露目《ひろめ》しなくてはいけないな」

「俺に、ダンスを?」

「そうだ」

広瀬は革の手袋を外し、ポケットに突っ込む。そして、不意に知里の腕を掴んだ。

「だ、旦那様っ!」

今度は手を握られて、腰に左手を添えられる。

知里の手から離れた箒《ほうき》がぱたりと音を立ててその場に倒れたが、広瀬はお構いなしだった。

「ステップはこうやって踏むんだ」

広瀬が右足を出したので慌てて知里も同じようにすると、彼の足を踏んでしまう。

「うわっ」

どうしよう。ぴかぴかに磨かれていた広瀬の靴に、泥の跡をつけてしまった。

せっかく、トメが綺麗に磨いたというのに。

驚きと緊張に身を竦ませる知里を見て、広瀬は声を立てて笑った。

「私が一歩前に出ているのにおまえも足を出したら、踏んでしまうだろう?」

やけにおかしそうに笑う広瀬の瞳に、折からの夕陽が滲むように映る。

「普段から踏まれまくってるんじゃないの？」

「まあ、そうだな。お世辞にもダンスが上手い女性ばかりだとは言えないな」

広瀬は皮肉っぽく応えた。

「ダンスのできる人数が足りないと、新橋の芸妓《げいぎ》を呼ぶこともある。にわか仕立ての貴婦人に見せかけようというわけだ。まったく愚かなものだよ」

「愚か……？」

「そうだ。この政策のどこが賢いものか。こんなものは猿芝居だ」

時に、広瀬はこちらが戸惑いを覚えるほど辛辣《しんらつ》になる。

ただの放蕩《ほうとう》息子だと思っていると、驚くほど鋭い意見を言ってのけたりする。

けれども、どんなに文句を言ってみたところで、とりどりの色彩の服を身に纏《まと》った女性たちと、これから広瀬は踊るのだ。この優雅な男であれば、さぞかし美しく踊ることだろう。

こんな風に、いかにも親密な素振りで。

知里を酩酊《めいてい》させる、誰もが逆らえなくなるようなあの囁きを、他人にも与えるのだ。

そうするとなぜだか胸がむかむかしてきて、知里は苛立ちにきりっと唇を噛んだ。

「毎週月曜日は、鹿鳴館でレッスンの日と決まっている。皆、一刻も早く西洋に追いつこうと必死なんだ」

「どうしても、外国に追いつかなくちゃいけないの？」

「たまにはいいことを言うじゃないか」

広瀬はふっと微笑んだ。

「方向性はどうあれ、このままでいいと願うのは怠慢《たいまん》だ。怠慢は罪というわけだ」

「じゃあ……旦那様はわざと怠けてるんだね」

刹那、彼は驚いたようにこちらを見やった。

「おまえは、面白いことを言うんだな」

「だって、そう見えるんだもの。——俺、失礼なこと言った？」

「いや」

不意に広瀬は握っていた右手を強く引いて、知里のその身を抱き留めた。

「あっ」

「ほら、まだこんなに軽い。おまえはもう少し栄養をつけたほうがよさそうだな」

「う、うるさい、ですっ」

途端に火でも点けられたように耳がかあっと熱くなってきて、知里は顔を背《そむ》け、広瀬の腕から逃れようとじたばたと暴れ出した。

「なんだ、照れてるのか？」

「違うってばっ！　手、放せよ」

「なに？」

彼は訝《いぶか》しげに眉をひそめ、知里を見つめた。

「靴、拭かないと」

跪《ひざまず》いた知里は、シャツの袖口で広瀬の靴を拭く。

泥はすぐに落ちて、知里はほっとした。

「――ありがとう」

「旦那様。馬車のお支度ができました」

向こうから声をかけられて、広瀬は「わかった」と答える。

「どうぞ」

差し伸べられた手を、知里は今度も摑むことができなかった。

自力で立ち上がった知里に、広瀬はポケットに突っ込んであった手袋を差し出す。

「え？」

何かの合図だろうか。

「手がすっかり冷えてしまっている。これを使いなさい」

「いらないよ！」

知里は慌ててそれを断った。

「どうして？」

「だって、こんなの……たぶん、ぶかぶかだもの」

それはただの言い訳にすぎなかった。

どうして拒んでしまったのか、自分でもよくわからない。

「ならば、お遣いに行くときにでも嵌《は》めればいいだろう」

「あっ」

引き留めるいとまもなく、広瀬は知里に黒い革の手袋を押しつけて立ち去ってしまう。

おそるおそるそれを右手に嵌《は》めてみると、驚くほど温かかった。

――これから出かけるのに、あいつのほうこそ、寒いじゃないか……。

広瀬はつくづくよくわからない男だ。

初めて会った夜も、そうだった。

気まぐれで意地悪で、時々変なところで――優しくて。

そして、その囁きは、ひどく甘い。

だからどうすればいいのか、わからなくなる。

本当はもっと従順な態度をしなければならないと知っていても、それも悔しくて、つい憎まれ口を叩いてしまう。

意地悪なら意地悪に徹してくれればいいのに。そのほうが知里にも楽なのに。

知里の凍えた心に気まぐれなぬくもりをくれる広瀬に、戸惑うばかりだ。

でも、気づけばまなざしはいつしか広瀬に引き寄せられてしまう。

その理由は……きっと、彼がどんな奴か、見極めなくてはいけないからだ。そのせいだろう。

もっと広瀬のことを知らなくてはいけない。

彼が優しいのか意地悪なのか、それすらも知里にはさっぱりわからないから。


「……雨か」

断続的な音に顔を上げると、雨滴《うてき》がアーチ型の窓を叩いている。

広瀬は書斎で兄に宛てた手紙を綴《つづ》っており、自分の近況のほか、正実の様子や新しく増えた使用人である知里のことを書き添えている最中だった。

春めいてきたと思いきや、久しぶりに寒くなったので、今日は暖炉《だんろ》を使っている。

おかげで硝子窓は、先ほどから曇りがちだった。

気まぐれから拾ってきた男娼候補は、仕込み甲斐《がい》のある過敏で無垢な肉体の持ち主だった。可愛らしい外見に反して自尊心が強いためか、なかなか快楽には落ちないが、ひとたび突き崩されたときの哀れさと淫らさがいい。

もっとも、今の段階は広瀬にとってはお遊びにすぎない。

広瀬は知里と躰を繋いだことはなかったし、未だに男に奉仕させる方法すら教えていなかった。

それを先に進める気持ちになれないのは、知里があまりにも真っ直ぐすぎるせいだ。その心を踏みにじろうと思えば思うほど、己の心には躊躇いが生まれた。

——自分としたことが、ほだされかけているのかもしれない。

知里は広瀬に反発したり噛みついたりしながらも、それなりに健気に頑張っている。もっと素直に広瀬に心を開けば可愛がってやるのだが、その法則に気づいていないのだろうか。それとも、ただ単に頑固な意地っ張りなだけなのか。

時折じっとこちらを見つめている瞳に出会うけれど、その理由もきっと広瀬に対する消すことのできぬ反発心からなのだろう。それこそどこかで寝首を掻かれるかもしれないな、と広瀬は苦笑した。

しかし、生意気そうに見えるけれどその実、彼は虚勢《きょせい》を張っているところも大きいのだと、広瀬にもよくわかっている。

その証拠に、時折広瀬に対しても無防備なところが露《あら》わになるし、知里の真っ直ぐな気性は使用人たちにも愛されていた。旦那様の無体な遊びにつき合わされているのだと、軽蔑どころか同情されているようだった。

広瀬が気まぐれに勉強を見てやっているのだが、それだって随分飲み込みがいい。ちゃんとした家庭教師を雇って集中して勉強をさせてやれば、学校にだってすぐに行けるようになるだろう。

しばらく様子を見てから、そう提案してやってもいいのかもしれない。

もっとも、話の方向性次第では、知里は言下に拒否する可能性もあるのだが。

そんなことをつらつらと考えているうちに、喉が渇いてきた。

先ほど誰かを呼ぶために、呼び鈴を鳴らしたのだが。

鈴を鳴らしてから十分ほど待っても誰も来る様子がなく、諦めた広瀬は自力で何とかしようと立ち上がった。

と。

こつこつと扉が叩かれ、広瀬は「どうぞ」と声をかける。

「手、塞《ふさ》がってるから開けてください」

向こうからくぐもった知里の声が聞こえ、首を傾げつつも広瀬はそれに従う。

両手に銀製の盆を持ち、知里が茶器を運んできたところだった。

「どうした？」

知里を呼んだわけではないし、彼は普段は掃除当番のはずだと広瀬は訝った。

「——いつもこのくらいの時間がお茶だし、鈴が鳴ったから」

咎められたと思ったのか、知里は憮然としたままそう告げた。

「今日はトメさんが具合悪くて……それで」

口ごもる知里の様子に、ふっと心が解《ほぐ》れてくる。

「だったら、今日の紅茶は誰が用意してくれたんだ？」

「……俺です」

知里は小さく小さく呟いた。

彼が用意したティーセットは淡い空色の花が絵付《えつけ》されたもので、広瀬も密かに気に入っている。しかし、トメの趣味ではないらしく、滅多に使われたことがなかった。

「そうか。では、早速いただこう」

椅子に腰掛けて足を組んだ広瀬のために、知里はおずおずとお茶の支度を始める。

「今日は、出かけないんですか」

「気が向かないからな。それに、雨の日に出歩くのは御者も可哀想だろう」

広瀬はため息をつくように呟き、そして知里を見やった。

「そんなので取りやめるほど、軽いことなの？」

生意気な口調で問われて、広瀬は苦笑した。

「夜会か？　そうだな……出ることに政治的な駆け引きはあるだろうな。夜会の主催者は持ち回りで決まるから、たとえば公爵《こうしゃく》家主催の夜会に顔を出さねば角《かど》が立つ」

知里は不器用な手つきで茶器を用意しながら、広瀬の話に耳を傾けているようだ。

実際、外国の賓客《ひんきゃく》や要人を舞踏会でもてなすのだから、その行為自体に意味はあるかもしれない。それが華族の義務というもので、馬鹿げているなどと思ってしまっては、夜会に出向く気力すらなくなってしまう。よけいなことは考えないほうが身のためだ。

「でも、旦那様の仕事はそれくらいだろ。ちゃんとすればいいのに」

手厳しい意見に広瀬は小さく笑った。

「——ああ……そうか。私が鹿鳴館に行けば、おまえは夜伽《よとぎ》の練習をしなくてすむ。そう思っていたのだろう？」

「ちが…」

「まったく、おまえも往生際が悪いな。男娼になりたいと言ったのは自分なのに、今更になって怖がっているのか？」

「そうじゃない」

知里は声を荒らげ、そして悔しげに口を両手で塞いだ。

小猿というよりは、今日の知里はまるで猫だ。精一杯毛を逆立てて、広瀬を拒もうとする。

「——それより、お茶」

「ありがとう」

広瀬は差し出された紅茶のカップを手にすると、それを一口含む。

色のついただけの湯を想像していたのだが、意外にも知里の淹《い》れ方は上手かった。

「どうですか」

おそるおそる問われて、広瀬は「美味しいよ」と頷く。

「あ……本当？」

「これくらいでは、私も嘘はつかないよ」

「よかった！」

それとわかるほどに、ありありと知里の顔が輝く。

ぱっと浮かんだ笑みは、まるで野の花のように可憐《かれん》で、広瀬は驚いてしまう。

ここまで素直に彼が笑うことは、珍しいからだ。

もっと反発してくるのかと思いきや、意外な反応だった。

彼は「失礼しました」と言ってぺこりと頭を下げ、呼び止める間も与えずに、扉の向こうに消えていく。

それは広瀬の心をそっと撫でていく、一陣の風のようだ。

そのとき、知里が立っていたあたりに何かが落ちていることに気づき、広瀬は椅子から立ち上がってその紙を拾い上げた。

『だんなさまのすきなもの』

そう、書いてあった。

拙《つたな》い字は、どう考えても知里のものだ。彼はまだ、かなと簡単な漢字しか書けないのだ。

『おちゃ、こーひー、あおいろ』

――ああ……。

まるで心の奥底に、明るい陽射しが射し込むような――そんな錯覚さえ感じたのは、知里の真っ直ぐで純粋な伸びやかな心根を見せつけられたからだ。

広瀬のことを観察しているのかと思えば、こんなことをしていたのか。

広瀬を見つめて、理解しようとしていたのか……。

笑いがこみ上げてきて、広瀬は思わず自分の口元を押さえてしまう。

これだから自分は、知里からすべてを奪えずにいるのかもしれない。

否、もしかしたら、自分は恐れているのだろうか。

無理に手折《たお》ることによって、知里が変わってしまうことを。

6

「知里さん、お願いがあるんですけど」

メイドの一人に声をかけられて、厨房《ちゅうぼう》でグラスを磨いていた知里は振り返った。

「はい、なんですか？」

「お遣いに行っていただけません？」

「お遣い？」

知里は小首を傾げる。

そういえば、この屋敷の敷地から外に出たことはほとんどない。

トメに二、三回、外にお遣いに連れていってもらったが、それくらいのものだ。

何しろ、敷地が馬鹿みたいに広大なのだ。家の中の仕事を手伝うだけでも疲れてしまうし、おまけになんだかんだと広瀬がいろいろな用事を言いつけてくる。おかげで今や、紅茶を淹れることでさえも、知里の仕事になってしまっていた。

「いいですけど、どこに？」

「銀座なの」

「銀座……」

知里は目を丸くした。東京の名所といえば浅草や日本橋などあちこちが挙げられるが、銀座はいろいろな店があることで特に有名だった。

「俺でいいの？」

お金を預かって遠くに出かけるなんて、そんな大役を知里に任せてもいいのだろうか。

「トメさんが、知里さんが適任だろうって。このお屋敷を出てすぐのところに、乗合《のりあい》馬車の乗り場があるわ。それを乗り継げば銀座へ着くから」

「いいですけど……お遣いって、どんなこと？」

「旦那様の懐中時計《かいちゅうどけい》を修理に出したので、取ってきてほしいの」

「わかりました」

知里はこっくりと頷いた。

「だったら俺が、行ってきます」

「ありがとう」

彼女はふわっと笑って、知里に店の名前を書いた紙と紙幣《しへい》を手渡した。

「お店の目印は大きな彫刻だから。こう、屋上に天使の彫刻があるわ」

「えっと、天使って、何？」

「背中に羽が生えた人よ」

さらりと言われて、知里は困ってしまう。

そんなもの、見たことがない。

「それって、天狗《てんぐ》のことかなあ？」

「天狗よりももっと素敵なの。とにかく、見ればわかるわ。銀座でそんなお店、一軒しかないから」

「――はーい」

本当は不安だったが、時計を取ってくることくらい、知里にだってできるはずだ。

この屋敷へ来て一ヶ月あまり。休日も勉強に忙しくて、外へ出たことはなかった。

「気をつけてね」

「うん。じゃ、行ってきます！」

知里は自分を鼓舞《こぶ》するように元気よく言うと、玄関を開けて駆け出した。

大金を預かったことに緊張していたものの、それでも嬉しかった。こういう役目を任されるのは、皆が知里を信頼してくれる証だ。それがわかったからだ。

それに、堂々とこの家を出て、街を見ることができるのだ。

銀座ってどういう場所なんだろう。

不安も懸念もあったけれど、それ以上に、喜びと好奇心のほうが大きかった。

「知里をどこにやったんだ？　今、門を出ていったが」

窓の外を眺めていた広瀬は、近くにいたメイドに話しかけた。

今日の珈琲《コーヒー》は知里ではなく、彼女が手ずから淹れてくれたもののようだ。

カップも薄い緑色で、広瀬の好みではない。

「銀座に遣いにやるという話でしたけど」

憧れている相手に話しかけられた喜びからか、彼女の頬は薔薇色に染まっている。

「銀座へ？」

彼女の言葉に、広瀬は眉をひそめた。

気に入らぬ風情《ふぜい》で珈琲を一口飲んだあと、改めてもう一度尋ねる。

「銀座に、知里一人をやったのか？」

「人手が足りないものですから」

「馬車は？」

「乗合馬車を使うように言いつけたはずですけど」

「だが、あの子をこれまで銀座にやったことは……ないだろう？」

念を押すように尋ねると、彼女は即座に頷いた。

「そうですね。お遣いにやること自体が初めてだと思います」

窓の外を眺めていた広瀬は、にわかに不安になってきた。

この近所ならともかく、初めてのお遣いが銀座というのは、いくら何でも難しすぎるのではないだろうか。

そうでなくとも銀座はお上《のぼ》りさんが多く、そういう人間につけ込む輩もまた多い。

知里は意地っ張りで頭も良いが、あれで騙されやすいのは明白だ。

注意していてやらなければ、どんな厄介事に巻き込まれるかわかったものではない。

広瀬としても、自分の使用人が面倒を起こすことは避けたかった。

「――ちょっと出かけてくる」

「え？　でもこれから、鷹野《たかの》男爵《だんしゃく》がお見えになるのでは」

「寝込んでいると言って追い返してくれ。それから、馬車の用意を」

「かしこまりました」

立ち上がった広瀬は、てきぱきと身支度を調《ととの》える。

玄関を出ると、ちょうど御者が馬車の用意を終えたところだった。

今から追いかければ、銀座で彼を捕まえることができるはずだ。

それなら心配ない。

――心配《ヽヽ》だと……？

己の不可解な情動に気づいて、広瀬は顎に手を当てて考え込む。

自分は知里を心配しているのだろうか。

違う。そういうわけじゃない。知里が逃げたら困るからだ。

彼には先行投資をしているのだ。

もっとも、知里が逃げるはずはないのだと、本当は広瀬も知っている。

それは金に縛られているからというだけではなく、彼の真っ直ぐで誠実な気性からも明らかだった。

銀座に着くまでまんじりとしなかった広瀬は、適当な時間に迎えにくるように御者に言いつけ、自分の時計を預けてある店へと向かった。

時計店の屋上には、二人の天使が時計を抱えた白亜《はくあ》でできた彫刻が据えられている。それがひときわ目を引き、銀座に辿り着きさえすれば知里もすぐにわかるだろう。

まだ早すぎたのか、店内に知里らしい人物の人影はない。

この店の前で待っていれば、間違いはあるまい。

――しかし。

彼は広瀬が見に来ていることに気づいたら、やはりがっかりするのではないか。

初めてのお遣いならば、自分一人の力でやり遂げたいと思うはずだ。

それならば、遠くから見守っていてやるのが最良なのかもしれない。

こんなことを真剣に考えたのは初めてで、広瀬は己の常ならぬ情動に情けなくなった。

それにしたって、いくらなんでも遅過ぎやしないだろうか。

乗合馬車とはいえ、そろそろ着いていてもいい頃だ。

この彫刻がある限り、知里が道に迷うとも考えにくかった。

明治五年の大火《たいか》をきっかけに、計画的に商業地区として開発された銀座は洋風の建築物も多く、舗装された道路は赤煉瓦《れんが》で覆われている。人通りも多いため、ここで一度迷子になってしまえば捜し出すのは難しいだろう。

最初は時計店の向かいにある書店で時間を潰そうとしていた広瀬だったが、あまり長居をするわけにもいかない。

半ば苛々しながら、広瀬は品物が陳列されたウインドウを覗き込んだ。

道に迷ったのか。それとも、悪い男にでも誑《たぶら》かされているとか。

そう思うと、じりじりと胃が熱くなってきてしまう。

「まったく……」

自分をこんな気持ちにさせるなんて、帰ったらたっぷりお説教をしなくては。

内心で苦笑しかけた広瀬は、硝子に映った華奢な少年の姿にはっとした。

刹那。

自分でも驚くほどの安堵が胸中に立ちこめ、その事実に広瀬は狼狽する。

それほどまでに、広瀬が味わったその感情は、甘く優しいものだったのだ。


銀座は多くの人でにぎわっており、知里はまごまごしてあたりを見回した。

馬車や人力車がひっきりなしに通り、様々な格好の人々が歩いている。洋装は珍しくはなかったが、西洋人は見慣れないため、知里はしばしば目を奪われた。

すごい。

整然と並んだ建物はどれもが二階建ての西洋風で、道路はちゃんと舗装されている。

以前、広瀬が銀座は計画的に整備された街だと教えてくれたが、その通りだった。

「えーっと……確か白い天狗……」

きょろきょろと辺りを見回しながら、知里は言われたとおりの目印を探した。

屋上に目印があると言われていたけれど。

「あった！」

あれだろうか。

でも、その彫像は天狗ではなかった。

背中に白い羽をつけた二人の人間が、時計を持っている。その優美さに知里は圧倒され、そして見惚れてしまう。

これが、『天使』なのか……。

見ればわかるという、メイドの言葉通りだった。

そこでしばらくぼんやりしていた知里は、あそこに行って時計を取ってこなくてはいけなかったことを、ようやく思い出す。

知里は扉を押して、店内に足を踏み入れた。

「いらっしゃいませ」

「あの……広瀬様のお遣いで、修理をお願いしていた時計を取りに来たんですけど」

そう言って、ポケットから書付を差し出す。

「ああ、広瀬様の。ちょっとお待ちください」

手持ちぶさたになって店内を見回していた知里は、不意に、誰かに見られていることに気づいた。視線の主は店の外にいるらしく、知里からは確かめることができない。

なんだか、それがひどく気持ち悪かった。

「こちらですね」

「はい」

知里は修理の代金を支払うと、受け取った金の懐中時計を胸ポケットに収めた。

ポケットの中で、それは心臓みたいにこちこちと動く。

「どうかお気をつけて」

「ありがとうございました」

知里は丁重に礼を述べた。

そうでなくとも、時計は高級品だと聞かされている。掏摸《すり》に店を出たところを狙われているかもしれないし、家に帰るまでは気が抜けなかった。

かなり緊張しながら店を出た知里は、乗合馬車の乗り場を探すために、きょろきょろしながら歩き出した。

「あ」

そこで知里は、見慣れた人物が角を曲がるのに気づいた。

背格好しかわからないが、もしかしたら、広瀬だろうか。

反射的に知里は小走りになり、男のあとを追おうとした。

そのときだ。

「うわっ」

最初に、どん、という衝撃があった。

前をよく見ていなかったせいで、着流し姿のいかにも柄の悪い男に正面衝突してしまったのだ。

「なにをぶつかってんだよ、このちび！」

怒鳴りつけられて、知里は「ごめんなさい」と素直に頭を下げる。

だが、その態度がよけいにつけ込みやすいと思われてしまったらしい。

「人様にぶつかっておいてごめんで済むと思ってんのか？　ん？」

襟首を摑まれて、知里は身を縮こまらせた。

「迷惑料、払えよ」

「えっ？」

「金だよ、金。持ってんだろ？」

「ないよ！」

それでもこんな男に威圧されたりしないようにと、精一杯彼を睨みつけた。

往来を行く人々が、助けてはくれないだろうか。

それを期待したのだが、ある者は二人を避けるようにして歩き、またある者は遠巻きにして見守っている。悔しいことに、誰も助けてくれそうになかった。

いつの間にか広瀬らしき人物もどこかへ行ってしまっており、知里は内心でひどく動揺した。

だが、こうなった以上は自分で切り抜けるしかない。

「あそこの時計屋から出てきたんじゃねえか。時計か金があるんだろ？」

「持ってたって渡すもんか」

知里は強情に言い張った。

これは広瀬のものだ。広瀬の大切な時計を預かった以上は、取られるわけにはいかない。

「生意気な餓鬼だな。殴られたいのか？」

「あんたみたいな奴に旦那様の大事なものを渡すくらいなら、殴られたほうがましだ！」

「このっ！」

襟首を掴んだまま男が大きく右腕を振り上げたので、知里はぎゅっと目を閉じる。

両手で胸を押さえて、せめて時計だけでも庇おうとした。

「暴力は良くないな。じつに野蛮《やばん》だ」

涼やかな声が聞こえてきて、知里ははっと目を開ける。

広瀬の声だった。

「痛《いて》えよ！　離せって！」

見ると、背後に立った広瀬が男の右腕をねじり上げているところだった。

男の手が緩み、自由になった知里はその場にへたへたと座り込んだ。

腰が抜けたように、動くことができなかった。

「うちの知里に何の用だ？」

低く迫力のある声音で、広瀬が問う。いかにも紳士然とした広瀬だが、上背《うわぜい》もあり腕力も強いのだろう。男は痛そうに顔をしかめた。

「こいつが俺にぶつかってきたのに、謝っただけですませようとしたんだよ！」

「謝ったなら、それでいいはずだ」

「なんだと!?」

男はむっとした様子で、声を荒らげた。

「いい大人が、こんな子供から金を巻き上げるつもりか？　恥を知れ」

ちっと男は舌打ちをする。だが、広瀬が男の腕を掴む手に力を入れたらしく、その顔はすぐに辛そうに歪んだ。

「わかったから、離せよ！」

「ああ、そうだな」

広瀬は顔色一つ変えずに男の手を離す。

男が「覚えてろよ！」と月並みな台詞《せりふ》を吐くのに見向きもせず、身を屈めた広瀬は知里の腕を引いて、立ち上がらせてくれた。

「怪我はないか？」

「大丈夫、です」

そのまま彼が腕に力を込めたため、知里は広瀬の胸に倒れ込んだ。

意外すぎるその行動に、知里は耳まで真っ赤になってしまう。

「あまり心配させるんじゃない」

低い囁きが鼓膜をくすぐり、知里は安堵にほっと息を吐いた。

「――ごめんなさい……でも、どうしてここに……？」

「用があって通りかかったら、野次馬が集まってるだろう？　それで何かと思ったからね」

嘘だ。

そう、知里は直感した。

用事があって銀座に出てきたのなら、彼は自分で時計を受け取るに決まっている。それに、広瀬はまかり間違っても野次馬になるような人間じゃない。

知里が金時計を盗むと疑ったのだろうか。そんな嫌な考えも芽生えたが、知里の知っている広瀬は皮肉屋で意地悪であるものの、そんな下品なことは考えたりしない。彼はきっと、純粋に知里の身を案じてくれたのだろう。

そのことに気づいた瞬間、知里の指先は甘く震えた。

広瀬が自分を心配してくれていたのだと、わかってしまったから。

たかが使用人なのに。たかが、男娼候補なのに……。

「お遣いは済んだのか？」

「はい」

「そうか。どうもありがとう」

お遣いくらいちゃんとできるとか言いたかったのに、胸がいっぱいで言葉になりそうにない。

広瀬の気遣いが、今はとても嬉しかった。

「せっかくだから、銀座を見物していくといい。そうだ、甘いものでも食べるか？」

「甘いもの……？」

「ああ。今ならば、善哉《ぜんざい》がいいな」

無造作に腕を引かれて、とくん、と知里の心臓はひときわ激しく脈打った。

時計が時間を刻む音と、自分の心臓の音が混じり合って、胸の近くで不思議な旋律が生まれている。

甘味《かんみ》屋の戸をからりと開き、広瀬は先に知里を通した。ちょうど三時前だったため、店内はにぎわっている。

案内された知里は木製の椅子に腰掛け、足をぶらぶらとさせた。

「何がいい?」

「善哉が旨いんでしょ?」

せっかくだから、広瀬の勧めてくれるものを食べてみたかった。

すぐに熱い善哉が運ばれてきて、知里はおそるおそる一口、匙《さじ》ですくった。

「……美味しい!」

「だろう?」

知里は無心になって善哉を口に運んでいたが、やがて途中で匙を置いてしまう。

「どうした?」

「なんか、俺……悪いよ、こんなの」

胸がいっぱいで、苦しかった。

「おまえに食べさせたいと思って連れてきているのだから、遠慮することもあるまい」

「違い、ます。その、……家族に」

それは、言い訳にすぎなかった。

目の前に広瀬がいて、その広瀬が思いがけず自分に優しくしてくれたから。

その喜びが全身に染み渡り、知里は息苦しくなってきてしまったのだ。

「そうだな。金は送れても、善哉までは送ってやることもできないからな。だが、残したらもっと、家族に申し訳ないだろう？　最後まで食べてしまいなさい」

「旦那様は、これ、食べないの？」

「私は甘いものは苦手なんだ」

広瀬は穏やかな笑みを湛え、手を伸ばして知里の口元にはねた善哉を拭う。

そして、それを舌先で舐め取った。

「これくらいで、ちょうどいい」

自分の頬が熱くなるのが、わかる。

「——旦那様、今日は……すごく、変です」

「意地悪をしてほしいなら、帰ったらお仕置きにしようか」

「やだよ！」

慌てて知里は口を挟み、それからばつが悪くなって右手で口を押さえた。

どうしよう。
おかしいのは自分だ。
さっきから、心臓がどきどきしすぎて、治まってくれない。
耳まで熱い。
きっと今の自分は、顔どころかうなじまで真っ赤にさせていることだろう。
「それなら、冷める前に、食べてしまいなさい」
彼に促されて、知里は慌てて頷いた。

7

朝からメイドたちが走り回り、厨房からは甘い匂いが漂っている。

知里がメイドの一人に聞いてみたところ、どうやら今日はたくさんの来客があるらしく、それでてんてこ舞いなのだという。

ただ一人、広瀬だけがいつもと同じように目を覚まし、新聞に目を通し、優雅に珈琲を楽しんでいる。

広瀬の周りには広瀬にしか纏《まと》えない空気がある。それを他人が乱すことはできないのだろう。

「――旦那様」

「どうした、知里」

「今日は何があるんですか？」

あの善哉の温かさと甘さが知里の凝《しこ》りを溶かしてしまったのか、不思議なことに、広瀬に対する反発心は少しずつ消え始めていた。

それどころか知里は、広瀬の傍らにいることが楽しいと感じるようになっている。

我ながら、その変化に驚いてしまう一方で、それも悪くはないと思っていた。

知里がこの屋敷に来てからほんの少しだけ身長が伸び、もうすぐ十五歳になる。

もしかしたら、自分も少しは大人になったということなのかもしれない。

「友人が押しかけてくるんだよ」

「楽しそうですね」

知里が素直に目を輝かせると、広瀬は苦笑する。

彼は珈琲を口に運び、「うん、美味しいな」と褒めてくれた。

「ありがとうございます」

紅茶のみならず、珈琲を淹れることも今では知里の役目だ。

どちらも難しかったが、広瀬が美味しいと言ってくれるのは嬉しかった。

ぺこりと頭を下げた知里は、広瀬の机に広げられた図面をまじまじと見つめた。

「これは？」

「設計図だよ。庭を大がかりに変えてみようと思ってね」

言われてみれば、紙の上に書かれたコの字型の図形は、この屋敷を表しているのだろう。

「旦那様が考えてるの？」

「私は庭に関しては素人《しろうと》だから、なんとなくこうしたいということを職人に伝えるだけだ。ただ、せっかくだから凝ってみるつもりだよ」

図面には四角形や三角形が書かれており、庭には不自然な気がして知里は訝《いぶか》った。

「でも、これだと玩具《おもちゃ》みたいだ」

「こういう人工的なものを、仏蘭西式庭園と言うんだ。日本には、本格的な外国式の庭園はまだほとんどないからね。是非、実現させてみたいと思っている」

「お金、かかりそう……」

「金をかけなければ相応のものもできないだろう」

「なら、花がたくさんあると、綺麗でいいのに」

「なるほど、花壇か。それは考えてもみなかった」

頷いた広瀬は、感心したように呟いた。

「こうしておまえの意見を聞くのも、面白いかもしれないな」

知里としても、もう少し彼と話をしていたかったのだが、そろそろ手伝いに戻らなくてはいけない。にわかにそわそわしだした知里に気づいたのか、広瀬は微笑んだ。

思わず見惚れてしまいたくなるほど、綺麗な笑顔だった。

「今度、図面の意味を説明しよう。今は、下に戻ったほうがいいんじゃないか?」

「——はい、失礼しました」

名残惜しくはあったが、約束をした以上は、あの図面はきっとまた見せてもらえるだろう。

部屋を出たところで足を止めると、心臓が激しく脈を打っている。頬もひどく熱かった。

広瀬と自分のあいだにある空気が、少しずつ変わり始めている。

たとえば、広瀬は知里に無理に触れることがなくなった。

抱き締めることもないし、たまに額にくちづけられるくらいだ。

べつに、触ったっていいのに。

知里は広瀬の愛人なのだから。彼だけの男娼なのだから。

でも、ちょっと額に触れられただけで心臓が破裂しそうになるくらいなのに、前みたいにあちこち悪戯《いたずら》をされたら、いったいどうなってしまうんだろう。

——嫌だ。何考えてるんだろう、俺……。

思わずそこに立ち止まった知里は、玄関のほうが騒がしくなったことに気づく。

窓から外を見ると、車寄せのところに馬車が数台停まっていた。

いけない。お茶の支度を手伝ってほしいと言われていたのに。

小走りになって階段を降りた知里は、玄関のところで来客者と鉢合わせになってしまう。若い男女合わせて十名ほどで、見るからに育ちが良さそうな者ばかりだ。

会釈《えしゃく》をしたきりそそくさとそこを通り抜けようとした知里だったが、「まあ、可愛らしい！」という言葉に足を止める羽目になった。

「あなた、秋成様の弟さん？」

「あら、秋成様には弟さんはいらっしゃらないでしょう？」

腰をきゅっと絞ったワンピースを着た女性が、知里を見て微笑みかける。

すぐさま数人の令嬢《れいじょう》に囲まれて、知里は真っ赤になった。妙齢の女性に接するのは、この屋敷のメイドで慣れていたはずなのに、彼女たちはまた別だ。

「いえ、俺……僕は……ただの使用人です」

「でもとても可愛らしいわ。きっと秋成様の趣味ね」

趣味、という言葉に知里はぴくりと反応した。おかげで、この場から離脱するきっかけを失ってしまう。

「ねえ、今度、お茶会をするの。よかったらいらっしゃらない？」

「あ、あの……」

戸惑う知里の頭上から、やわらかな声が降ってきた。

「生憎、その子にはまだ礼儀作法は教えていないんだ」

「秋成様……」

階上からやってきた広瀬は薄く微笑を浮かべており、それがまたひどくさまになっている。女性たちの唇から、ほうっとため息が漏れた。

「知里は、行儀見習いに知り合いから預かっている子でね。雑事をいろいろ片づけてもらってる。まだ慣れていないから、虐《いじ》めないでやってくれないか」

有無を言わせぬ強い調子だった。

「虐めてなんていませんわ。可愛らしい紳士に質問をしていただけですもの」

「それより秋成様、最近は、どうして夜会にはお見えにならないの？」

知里を放り出し、今度は広瀬の周りに女性陣が群がるのを、知里は呆気にとられて見つめていた。

だけど、やっぱり似合う。

彼にはこういう華やかな空気が、一番よく馴染む。

広瀬と知里では、住んでいる世界がまったく違うのだ。

そう考えると、なぜかひどく淋しくなった。


広瀬の登場によってかしましい女性たちから救われた知里は、あからさまにほっとした顔つきになり、その場を離れようとしている。

それを見て、広瀬は思わず口元を綻ばせた。

いくら知里が人当たりのいい性格だとはいっても、まだこの屋敷に来て二ヶ月だ。

これまでは来客もそう多くはなかったし、客のあしらいが下手でも仕方あるまい。

そういうことは、徐々に覚えていけばいいのだ。

もっとも、いつか知里を手放す以上は、それがいつまで続くかは、考えたことはなかったが。

だが、広瀬の手助けが完全なものでなかったことは、次の出来事で証明された。

「ちょっと待って。君、名前は？」

そんな不穏な声が聞こえて、広瀬は振り返った。

気心の知れた友人の一人である鷹野が、知里を捕まえて何かを話している。

――失敗した。

女性陣よりも鷹野のほうこそ節操《せっそう》がなく、知里を困らせるに決まっていた。

どこかで助け船を出してやらなければ。

「知里と申します」

「綺麗な名前だね」

「ありがとうございます」

鷹野にその名を褒められ、はにかんだように知里が笑顔を見せる。

「ちさとって、漢字は百人一首の歌人《かじん》と一緒？」

「いえ、そうではなくて……」

知里が歌人の大江千里《おおえのちさと》を引き合いに出されても淀《よど》みなく受け答えをしているのを見て、広瀬は驚きすら感じた。

おまけに、鷹野には人懐っこい笑みまで見せているではないか。

広瀬ですら、知里にあんな笑顔を見せられるようになるまで、だいぶ時間がかかったというのに。

それこそ、ここ最近のことだ。

なぜか、胃の奥がかっと熱くなった気がした。

不意に声の調子を落とした鷹野が知里の髪をそっと撫で、その瞳を覗き込む。

知里の頬が薔薇色に染まるのが、遠目でもわかるような気がした。

それから、知里は広瀬の視線に気づき、逃げるようにその場を走り去った。

知里に置いてけぼりにされた鷹野は、こちらを見やって破顔する。

「やあ、広瀬。久しぶりじゃないか」

「そっちこそ」

鷹野は親しげに広瀬の肩を軽く叩く。線は細いが美しい青年で、社交界では広瀬と並んで注目の的《まと》という人物だった。女性陣が応接間に行くというので、二人は連れだってサロンへ向かった。

「メイドをあれだけの美女で揃えておいて、おまけに行儀見習いも美少年か。おまえも隅に置けないな」

「美しくないものをそばに置くのは、趣味じゃないんだ」

「風雅なんだか下品なんだか、おまえの趣味はよくわからないよ」

鷹野は快活に笑った。

彼は父が亡くなったため、若くして男爵の爵位をいただいた。伯爵のほうが格は上だが、広瀬は嫡子《ちゃくし》でないから、この先叙爵されることはまずないだろう。ともあれ、同級で気安く学んだ仲なので、互いに今なお親しくつき合っている。

「まんべんなく手を出していれば、下品と誹《そし》られるのも仕方ないだろうな」

「出しているのか？」

「そんな面倒な真似、していられるか。家で争いが絶えなくなるのは御免だよ」

広瀬は素っ気なく肩を竦めた。

「本当か？　おまえがこのところの夜会に顔を出さないから、令嬢方の機嫌が悪くてね。それで、ご機嫌伺いも兼ねてこの名高い広瀬邸に遊びに来たというわけだ。まさかおまえがゆうべも来ないとは思わなかったよ」

「清潤寺《せいかんじ》伯爵のご機嫌は？」

鹿鳴館の夜会は、主立《おもだ》った華族が持ち回りで主催することになっている。昨日は当代一の財力を噂される清潤寺伯爵が主催だったはずだ。

「麗《うるわ》しかったよ。酒も食事も豪勢で、飛ぶ鳥を落とす勢いの清潤寺家の力を、思いきり見せつけられた感じだ。清潤寺伯爵も見かけに似合わず商売上手ときているからな」

「優男《やさおとこ》なのはお互い様だろう」

広瀬にからかわれて、鷹野は小さく微笑んだ。

「おまえに、新しい屋敷の設計をしてほしいと言っていたぞ。引き受けたらどうだ？」

「私はともかく、兄は清澗寺伯爵とは気が合わないからな。そんなことを引き受けたら、今度こそ追い出されるよ。面倒を起こすくらいなら、夜会にでも通ったほうがましだ」

「まあ、そうだな。どうせ鹿鳴館の馬鹿騒ぎも、今のうちだ。せいぜい楽しんでおくに限るだろ？」

広瀬はわずかに笑みを浮かべたまま、鷹野の言葉には答えなかった。

「あんなことをして条約改正ができるとは、とても思えないね。まったく、政府のお偉方《えらがた》は何を考えているんだか」

「――おまえも貴族院議員になる権利があるのだし、議員になってそれを訴えてみたらどうだ？」

「無理だよ。僕のような若造が互選《ごせん》されるとはとても思えない」

現実主義者の鷹野らしい言葉だが、広瀬には賛同しかねた。

「それなりに根回しをすればいいんじゃないか？」

「青くさい理想のために窮屈な議員職を手に入れるなんて、真っ平だ」

「相変わらず、はっきりとものを言うんだな」

「家督を継ぐと、責任というものが生じてくるからな。おまえみたいにちゃらんぽらんした女好きとは違うんだよ」

自分一人が女好きと言われる覚えはなかった。それならば、目前にいる鷹野のほうがよほど節操がない。

もっとも、世間の人間から見れば五十歩百歩ということになるだろうが。

「さっきのあの子、知里くんだっけ。本当にただの行儀見習いなのか？」

「え？　ああ、そういえば話をしていたな。まあ、あれは使用人みたいなものだ」

唐突に話を振られたため、反応がわずかに遅れた。

「どこで見つけたんだ、あんな器量よしを」

「器量よしといっても、知里は男だぞ」

「どっちだってかまわないさ。それにしても、おまえにお稚児《ちご》趣味があるとはね。女に飽きたら今度は男か。まったく羨ましいくらいにお盛んだな」

くっくっと鷹野は喉を鳴らして笑った。

「なかなか教養のある子じゃないか。あれはしばらく経つと、化けるだろうな」

それがわかるほど、彼らはいったい何の話をしたのだろう。

ちりりと胸が焦げる。

「で、味のほうはどうなんだ？　おまえのことだから、もう仕込んであるんだろう？」

「どっちが下品なんだか」

先ほどの言葉を蒸し返すと、鷹野は無言で肩を竦め、先を促した。

「とりあえず、まだだ。何かと教えることが多くてね」

「珍しい」

彼は訝しげに眉をひそめた。

「おまえとしたことが、手を出しかねてるなんてことはないんだろ？　おまえが初物《はつもの》を後生《ごしょう》大事にとっておくようにも見えないしな」

「まさか」

一瞬表情が強張りかけたのを気取られぬよう、広瀬はただ笑みを深めた。

指で慣らすことはあっても、まだ本当の意味で知里の躰を開いたことはない。

奉仕を教えようとしたことはあったが、怯える知里が哀れに見えたので、それきりやめてしまったのだ。おかげで知里は、あらゆる点において未熟だった。

それどころか最近では、広瀬は彼に触れることに躊躇いを覚えている。

男娼にするという大義名分があるというのに、ただ知里をそばに置き、彼の存在が傍らにあるだけで満足していた。

彼が自分を求めるようになるまで、待っていたほうがいいのではないか。

そんなことを考えてしまう己の変化を、広瀬は受け容れることができなかった。


広瀬の睫《まつげ》毛は意外と長い。

顔立ちだって、普通にしていれば美形で、申し分ないのに。

知里がそんな馬鹿げたことを考えながらじいっと広瀬の横顔を眺めていると、彼は不審そうにこちらを見やる。

「どうした？　問題はできたのか？」

「ううん、なんでもない……です」

漢字の書き取りをさせられていたことを思い出し、知里は慌てて机の上に視線を戻した。

「昨日、鷹野とは何を話したんだ？」

「鷹野って……ええと、あの男の人ですか？　特に、何も」

「何も話していないようには見えなかったが」

「そんなことまで、旦那様に言わなくちゃいけないんですか？」

広瀬の友人の一人であるあの青年は、知里に名前を聞いてきた。それから、主人としての広瀬はどんな人間なのかと。

まだわからないと知里が正直に答えると、彼は「嫌味ばかりの皮肉屋に見えて、意外と根は優しいんだ」と教えてくれた。

それに驚いた知里に、「閨《ねや》ではどうなんだ？」といきなり尋ねてきたのだ。

そんなことを、さすがに広瀬本人に言うわけにはいかない。

おまけに咄嗟の切り返しができずに、逃げ出してしまったのだ。使用人としては、失格ともいえる失態だろう。

「――気が進まないのなら、今日は別の勉強をしよう」

知里の手元にあった本を閉じて、広瀬は硬い声で言った。

顎を摑んだ広瀬の力に抗うこともできず、知里は彼の顔をまじまじと見つめた。

「旦那様……？」

くちづけられるのだろうか。

あれ以来二度と許していない、この唇に。

広瀬は緊張に身を固くする知里の瞼《まぶた》に唇を落とし、そして額にくちづける。

鼻の頭、頬、顎。

けれども唇に触れることはなく、彼の体温は離れていく。

触れられるほどに心が痛くなる、そんな接吻だった。

彼の唇が首筋に触れ、知里の躰がぴくりと震える。

いつになく性急にシャツの釦《ぼたん》を外されて、鎖骨を舌でなぞられると、徐々に思考は酩酊してしまう。

「…あ…っ」

躰に少しずつ、しっとりと汗が滲んでくる。

胸の突起を軽く抓《つね》られて、知里の濡れた唇から吐息が漏れた。

「ん、んんっ」

椅子の前に跪き、知里のズボンを開いた広瀬は、性器を掴み出して舌を這わせる。

付け根から先端までを舐め上げられる強烈な刺激に、知里の躰はびくびくと震えた。

「……ああ……あ、んっ」

すぐに、先走りの雫がとろりと溢れてくる。それを味わうように舐めながら、広瀬はいつになく乱暴に知里を扱った。容赦なく舐められ、弄られて、快感は増す一方だった。

「脚を片方ずつ、ここに乗せてごらん」

「や、だ……やだ、こんなの……」

「知里」

嫌なのに、その酷薄な声で促されると、逆らうことさえできない。

知里は命じられるままにそれぞれの肘かけに片方ずつ脚を乗せ、募る羞じらいに咽《むせ》び泣いた。

「いやらしくて、いい眺めだな。こんなにぬるぬるにしてるのか」

「いや、……いや、…あっ！」

照明の下で、脚を大きく開いた自分に広瀬が奉仕しているのだ。

その脚を閉じることさえ許されずに、知里はとうとう両手で顔を覆った。

このところ触れられていなかったこともあり、知里の躰は容易に反応を示してしまう。

「も…う、くち……を……」

離してくれないと、出てしまうのに。

しかし、広瀬は逆に促すように、先端をきつく吸い上げた。

「……ああ……ッ」

頭の中が真っ白になる。

堪えることもできぬままねっとりと濃い体液を男の口中に放った知里は、快楽の余韻に浸って荒く息をついた。

やがて我に返った知里は羞恥のあまり、たまりかねて嗚咽《おえつ》を漏らす。

男がそれを嚥下《えんか》するのを見て、そこに火でも点いたのではないかと思うほど頬が火照った。

なのに、逃げ出すこともできない。逃げたくなんて、ないのだ。

こんなに恥ずかしいのに、それでも広瀬に触れられたいと思う。

そんな自分の気持ちが、知里には自分でも理解できなかった。

「――知里……」

立ち上がった広瀬は口元を拭い、泣きじゃくる知里を見下ろした。

それから知里のシャツをもう一度掻き合わせ、元に戻す。

「すまなかった」

ぽん、とぞんざいに頭の上に手を載せられて、知里は驚いた。

ここで謝罪されるとは思ってもみなかったからだ。

べつに、かまわないのに。もっといろいろなことを教えられても。

「もう寝なさい」

彼はそう呟いて、困惑に呆然とする知里の躰をぐっと押し退ける。

「あの……」

「すまない。今は、そういう気分じゃないんだ」

自分からほかの勉強をしようと言い出したくせに！

知里はむっとして立ち上がると、書き物に使っていた帳面をばさばさと閉じた。

「おやすみなさい」

拗ねた気分を抱えた知里は自室に戻り、寝間着《ねまき》に着替える。

そして、寝台に潜り込んだ。

苛々して、そして同時にむしゃくしゃしていた。

触っても、いいのに。

知里に触っていいのは、あの人だけなのに。

その運命を選んだのは、知里だ。

知里は自ら、この躰に触れる権利を広瀬に売り渡したのだ。

夢を、見た。
このお屋敷は実は狐に化かされた知里の夢で。
本当の知里は、家の裏にある鎮守《ちんじゅ》の森で眠り続けている――そんな夢だ。
眠っているあいだに、家も家族もみんななくなってしまった。
ばらばらになってしまい、知里一人が取り残されている。
そして、どこにも行けないのだ。
その夢には不思議と現実感があり、眠っている知里はそのことに恐怖すら感じた。
夢は夢だとわかっている。
だけど、こんなお屋敷の存在自体、夢みたいなものじゃないか。
あり得ない、非現実的な夢。
知里はいつかここから出ていって、本物の男娼にならなくちゃいけない。
広瀬以外の人間に触れられるのだ。
「…あ！」
目を覚ますと、額には汗が滲んでいる。
しんと静まりかえった屋敷の気配は、知里を恐怖に突き落とした。
怖い。怖くて、苦しい。
起き上がった知里は寝台から抜け出し、ふらふらとした足取りで部屋を抜け出した。

窓から見える真っ暗な梢《こずえ》。

ぺたぺたと裸足のままで歩き始めると、冷えた床の温度が直《じか》に足に伝わってくる。

わかってる。ただの夢だ。こんなことは。

だけど、なぜだか心細くて泣き出しそうになる。

触ってほしい。優しくしてほしい。

こんな夢は嘘だと言ってほしい。

「――知里？」

不意に声をかけられて、知里は振り返った。

背後に立っていたのは、不審げな表情をした広瀬だった。

「あ……」

途端に緩やかな安堵が、知里の胸中に立ちこめる。

「どうした？　寝たんじゃなかったのか」

嫌な夢を見たんだと言おうとした知里だったが、別の人物を認めて凍りついた。

「あれ、知里くん、まだ起きていたの？」

「ま、正実さん……どうしたの？　こんな夜中に」

「ちょっと用があったから。君こそ、どうしてこんなところをうろうろしているの？」

正実は男娼だ。こんな夜遅くにやってくる理由なんて、一つしかない。

おそらく、広瀬は正実を選んだのだ。知里ではなくて。

「黙っていては、わからないだろう？」

広瀬は不意にそう言って、知里の腕を摑んで半ば強引に抱き寄せた。

「ッ」

勢いで彼の胸に顔を埋めることとなり、知里はかっと頬が熱くなるのを感じる。

「そんな泣きそうな顔をして……何かあったのか？」

「放せよ……！」

知里は思わず声を荒らげ、広瀬の腕の中から抜け出す。

正実に触れたその手で、彼に触れられたくはなかった。

逃げるようにして自室に戻った知里は、再び寝台に潜り込む。

広瀬は、追いかけてくれることすらなかった。

「旦那様の……馬鹿」

何も知らないくせに。何もわかっていないくせに。

好きなときに自分に触ろうとして、そのくせ、彼は知里の心や気持ちにはお構いなしだ。

広瀬は同じ男娼でも知里は駄目で、正実ならいいのだろうか……？

知里は自分が正実に焼き餅を焼いていることに気づき、愕然とした。

醜くて嫌な感情ばかりが、胃の中で渦巻《うずま》いている。

知里ばかりがこんな思いをさせられて、不公平だ。
淋しくなれば帰りたくなった。故郷を思って泣きたくなる。
広瀬さえそばにいてくれれば、家のことも家族のことも思い出さなくてすむのに。
なのに、広瀬は知里の心を拾い上げてはくれない。顧《かえり》みてはくれない。
彼にとって、知里はただの道具だから。玩具だから。
自分は雇われた使用人で、男娼で、身分が低いから……。
今まであまり意識していなかったことを意識させられ、知里は改めて衝撃を受けた。
涙が溢れ、零れ落ちてくる。
この屋敷に来て、広瀬に触れられるたびに何度も泣いた。
痛くて苦しくて、そして快楽を堪えるすべを泣くこと以外では知らなかったから。
でも、今日の涙はいつもとはまるで違う。
迸《ほとばし》る感情を制御する方法すら知らずに、知里が初めて流す涙だった。

8

——お金はいつかちゃんとかえします。知里

我ながらへたくそな文字での書き置きだったが、何も残さないよりもましだと、知里は己に言い聞かせた。

広瀬が知里をただの男娼としてしか見なしていないという事実は、何もかもを諦めてしまうのに十分なものだった。

いっそ本物の男娼になってしまいたかった。

修業のためとはいえ、広瀬に触れられるのは、もう耐えられない。

それならば誰か別の人間に触れられるほうが、よほどましだ。

それほどまでに自分は、広瀬に心を許してしまっていた。

だが、自分と彼は使用人と主人という関係であって、知里は主人を選べる立場にはない。

知里には、何かを選ぶ権利など与えられていなかった。

どうせいつか、自分は男娼になるのだ。それが遅いか早いかの違いでしかない。

知里はそう己に言い聞かせようとした。

そこでとんとんと扉を叩かれて、知里はぎょっとして身を固くした。

「知里？　ちょっといいかい？」

トメの声だった。彼女がこんなに夜遅くに部屋に来るのは、珍しい。

「どうしたの？」

扉を開けると、戸口に立ったトメは知里を見てほっとしたように笑った。

「いやね、このごろおまえの様子が変だったからさ」

「え……」

ぎくりとして、知里は顔を上げる。

「そんなに変？」

「まあ気づいたのは私くらいだろうけどねえ。旦那様と、何かあったのかい？」

「——何もないよ。ただちょっと、家のこととか思い出しただけで」

ああそうかい、とトメは納得したように頷いた。

「今は辛いかもしれないけど、お盆にはきっと帰してもらえるよ。私からも秋成様に頼んでやるから、ここは我慢おし」

「うん。ありがとう」

知里が強張りかけた口元に笑みを浮かべると、トメもそれに応じて微笑んだ。

「秋成様は、ほかの使用人にはよくしてくださるのに、おまえに関しては強情だからねえ」

「それは……俺の出来が悪いから、仕方ないんだ」

「おまえが可愛いから、手放したくないんだろうよ」

「まさか！　そんなわけないって」

トメは声を立てて笑うと、「じゃあ、おやすみ」と告げて立ち去る。彼女の足音が遠のいていくのを聞きながら、知里はしばし逡巡した。

どうしよう。今日決行するのは、やめたほうがいいんじゃないだろうか。

でも、今日は広瀬が久しぶりに夜会に出かけているのだ。

作戦を遂行するのならば、今夜しかなかった。

「よしっ！」

すっくと知里は立ち上がり、着替えを済ませた。

夜もだいぶ更けて、邸内はしんと静まりかえっている。

知里は自分の寝台の下から靴を取り出し、それに履き替えた。

あとはこの部屋からこっそりと抜け出すだけだ。

といっても廊下を抜けていくのでは、見つかってしまうのは目に見えている。

自分なりに逃げ道は考えてあった。

小さな布製の鞄《かばん》にこれまでもらった駄賃と飴玉を入れ、知里はそれを地面に向かって窓から放り投げた。

二階から一階に降りるためには縄《なわ》が必要なので、こちらは物置から拝借してある。

知里は窓から身を乗り出し、雨樋《あまどい》にしっかりと縄をくくりつける。強度を数回確かめてから、縄の先を地面に落とした。

それから、まずは縄にぶらさがると、勢いをつけて壁を蹴る。

「いてっ！」

縄が擦れて掌の皮膚が切れる感触に、知里は思わず声を上げた。

手袋なら持っている。広瀬がずっと前にくれたものだ。

だけどそれを嵌めたら、きっと破れてしまう。それがわかっているからこそ、あの手袋は使いたくなかった。

掌が千切《ちぎ》れそうな痛みの中で数度壁を蹴り、知里はようやく地面に辿り着いた。

暗がりで手を舐めると、血の味が滲む。

でも、いくら痛くたってこんなところでぐずぐずしている暇はない。

「行かなくちゃ」

そうやって気合いを入れたときだ。

知里のすぐそばの一階の窓が開き、同時に室内がぱあっと明るくなった。

「うわっ」

眩しくて、目を開けてはいられない。部屋の窓を覆っていたカーテンが、何者かの手によって全開にされたのだ。

「こんな夜中に外出とは、変わった趣味があるものだな」

よく通るその声は、聞き間違えようがない。

「だ、だ、旦那様…っ！」

逃げなくてはと思う一方で、凍りついたように、足が動かなかった。

使用人のための空き部屋の窓枠に頬杖《ほおづえ》をついて微笑んでいるのは、ほかでもない広瀬本人だったからだ。

「どうして……!? や、夜会だって……」

「ここのところ、おまえに落ち着きがないから、そのうち逃げるんだろうと目星をつけていたんだ。夜会なんて嘘に決まってるだろう」

罠《わな》だったのだ……！

この場から逃げ出そうと知里がじりっと動いたところで、広瀬がひゅうっと口笛を吹く。

それに呼応するように、遠くで番犬の吠《ほ》える声が、風に乗って聞こえてきた。

「裏の戸の鍵を開けたから、そこから入っておいで。おまえも泥棒と間違えられて嚙み殺されるのは嫌だろう？」

「あんたのところにいるくらいなら、嚙み殺されたほうがましだ！」

「――なるほど」

ぞっとするほど冷たい声音に慄然《りつぜん》とし、思わず知里はその場に立ち尽くしてしまう。

まずい、と思ったが、もはや後の祭りだった。

「ここまで増長するとわかっていたのなら、もう少し厳しく躾をするべきだったな」

「旦那様……」

「これから私の寝室に来なさい。いいね？」

これまで見たこともないほどの威圧的な瞳に気圧され、知里は後ずさった。

「俺……俺、男娼になるんだ。それで、借金を返す。あんたには迷惑かけないだろ！」

「だったら、私が最初の客になってやる。今夜がおまえの水揚げだ」

男の声は厳しく、有無を言わせなかった。


着るようにと、広瀬からその場で手渡された女物の緋色の長襦袢《ながじゅばん》は正絹《しょうけん》で、花の模様が織り込まれている。いかにも遊女めいた装束《しょうぞく》だった。

着替えた知里は、蒼褪《あおざ》めた表情で広瀬の寝室に立ち尽くす。

「似合うじゃないか」

広瀬は蔑《さげす》むように言って、それから右手を差し出した。

「手を見せてごらん」

ここは彼に逆らわないのが得策だと、知里は彼の言葉に従った。

「切れてしまっているじゃないか。手袋をやっただろう。なくしてしまったのか？」

「使ったら、手袋が破れちゃうから」

刹那、広瀬は何かもの言いたげなまなざしを知里に向ける。

「おまえの手を犠牲にするほどのものでもあるまい」

彼はそう言って、知里の手に新しくできてしまった擦り傷を舐めた。

「ちょっ…」

ばくんと心臓が跳ね上がる。

「手袋くらい、いくらだって買ってやる」

「そういうんじゃないよ……」

嬉しかったのだ。あの日の、あのときの広瀬の気持ちが。

寒いんだろうと言って、手渡してくれたあの手袋のぬくもりが。

意地悪な広瀬が時々振りまく、ささやかな優しさの象徴みたいで。

だからこそ、台無しにしたくなかった。

それは、知里の中にあるもっとも美しい思い出の一つだったから。

「――こんなに可愛がっているのに、おまえは……逃げるんだな」

広瀬の唇が額に触れ、知里は呪縛されたように動けなくなってしまう。

「こんなに……のに」

くぐもった声は、知里の耳にはよく聞こえなかった。

可愛がられているつもりなんて、これっぽっちもない。広瀬はいつも意地悪で冷たくて、知里の躰をいいように弄《もてあそ》ぶ。

だから、怖かった。優しくて意地悪な広瀬のことが。

「なぜ逃げるんだ？　今の待遇にどんな不満がある？」

詰問するような口調で問われて、知里の心は逆撫でされた。

「言っただろ。俺は、男娼になるんだよ！」

すると、男はむっとしたように知里を睨んだ。

「俺が欲しければ金を払え！　それで借金を返してやるから！」

知里は真っ向から広瀬を怒鳴りつけた。

もう真っ平だった。こんな関係は、御免だ。

「金を払って、俺を買えばいい！　それができないなら、俺が客を取るのを黙って見てろ！」

「――――金か。そんなものが欲しいならいくらでもくれてやる」

そう言った広瀬は、寝台の傍らの椅子にかけてあった上着から財布を取り出すと、札束を引き抜いた。そして、それを知里に向かって放り投げる。

ひらひらと床に何枚もの紙幣が落ちていくのを、知里は呆然と見つめていた。

「望み通り、男娼扱いしてやる。これで文句はあるまい」

そのまま寝台に押し倒されて、知里は瞠目《どうもく》した。

今までだって、男娼扱いしていたくせに。

それとも、違うというのか。

夜ごとの行為には、何か別の意味があったとでも言うのか？

彼は知里が身につけていた長襦袢の腰紐を軽く引くと、それを解《ほど》いてしまう。

すぐに胸元が露わになり、そのことに羞《は》じらい、知里は頬を染めた。

「だ、旦那様……」

広瀬は冷たく微笑したまま、知里の両腕を摑み、片手で軽々と拘束する。

「今日の私は、『お客様』だろう？」

その言葉は、どんなものよりも深々と知里の心を抉《えぐ》った。

広瀬は、知里とのあいだに一線を引いた。それがわかったせいだ。

腰紐で彼は知里の腕を縛り、寝台の柱に結びつける。

「く……」

それが痛くて、知里は小さく息を吐いた。

横たわった知里の口元に指を突きつけ、広瀬は「舐めてごらん」と促す。

嫌がって顔を背《そむ》けると、彼は低い声で告げた。

「逆らうつもりか？」

畜生。内心で知里は毒づいたが、この状況で彼に抗《あらが》えるわけがない。

知里は舌を伸ばして、彼の人差し指を舐める。

「なるべく濡らすことを意識して舐めるんだ」

「……はい」

その指に唾液を塗りたくることを意識すれば、自然にぴちゃぴちゃと濡れたいやらしい音が零れた。すぐに唾液が溢れ、口元を伝い落ちていく。

「…ふ、う……」

やがて舌が疲れて動かなくなってきた頃、ようやく広瀬は知里の口から指を引き抜いた。

彼は立てた知里の膝を割り開き、唐突に窄まりに触れる。

突然のことに、知里は躰を強張らせた。

「……ー…っ」

予告なしに人差し指を押し込まれて、声にならない悲鳴が漏れてしまう。

今まではもっと、焦らしに焦らしてからそこを弄ったのに。

「指はどうなんだ？　気持ちいいのか？」

今夜の広瀬は、いつにも増してひどく意地悪だと……思った。

普段はもっと優しくて、意地悪だけど知里をこんなやり方で泣かせたりしないのに。

「や、だ……おね、が……」

「そんなことは聞いていないだろう」

「ッ」

一度指が引き抜かれてから、ぬめったものが再び入り込んできた。知里の反応に腹を立てたのか、広瀬は何か溶剤のようなものを指に塗りたくったらしい。

「どうした？　答えられないのか？　お客様にお答えするのが、おまえの義務だろう？」

膝を立てて男の前ですべてをさらけ出すことに羞じらったところで、広瀬は許してくれる気配はまるでない。腰紐が擦れて、縛られた腕が痛かった。

「……き、もち……いいです……っ…」

泣き出しそうになりながら、知里は必死で答えた。

後ろに指を挿れてかき混ぜられると、先走りの蜜がとろとろと溢れ出してしまう。

浅ましい自分が、恥ずかしくなる。情けなくてたまらない。

感じやすいことは羞じらうべきなのだと、広瀬に教えられるまで知らなかった。

淫らなことも、いやらしいことも、全部いけないことだと教えられた。

なのに知里は、広瀬に触れられると蕩《と》けてしまう。その躰の貪欲さを広瀬に責められると、知里は己の習性を羞じらって身悶《みもだ》えるほかなかった。

「や、だ……あぁっ」

その一点を責められたために熱が弾け、知里の下腹と広瀬の衣服の両方を、とろりとした粘性の液体が汚してしまう。

それでも、秘悦を知ったこの躰からは、熱が引くことはなかった。

「おまえ一人が気持ちよくなったところで、仕事にはなるまい。男娼なら男娼らしく、買った相手のことも楽しませなければな」

酷い言葉に、息も止まりそうになる。

「ここを弄ってもらって、とても気持ちよかっただろう?」

蜜にまみれてべとべとになった部分を握り込まれ、知里は仕方なく頷いた。

「男のくせに、恥ずかしい奴だ」

「あうっ…」

突如そこに力を入れられて、知里の口から悲鳴が漏れる。

「舐められるのと、しゃぶってもらうのが好きだったな?」

「…そ、なの…嫌いだっ……!」

「嘘をつくな」

広瀬は喉を鳴らして、冷たい声色で笑った。

「咥《くわ》えられて、ここをぐしょぐしょにされるのが好きなくせに? 思い出したんだろう。また溢れてきたじゃないか」

意地悪な言葉に性感を煽られて、知里の躰はますます熱を帯びていく。

「やっ」

完全に反応を示した部分から、再び蜜が溢れているのが、知里にもよくわかった。

「見てごらん。おまえの躰はどうなってる?」

「…嫌、だ……」

知里は何度も首を振った。

動くたびに、長襦袢が淫らにはだけてしまう。それが恥ずかしくてならなかった。

「どこを虐めてほしいんだ? 言ってみなさい」

知里の蜜に濡れた器官を愛撫しながら、広瀬は淫蕩《いんとう》な声音で囁く。淡く色づいた胸の突起を弄られ、知里は身を捩った。

「…もう、やだ……やだっ……」

触れられたところが熱くて、とろとろになって、このまま溶けてしまいそうだ。

「おまえはもう、どこに男を咥え込むか知っているはずだ。指でかき混ぜられると、物欲しげにひくつくところはどこだった?」

「…そ、んなの、…知らな…っ…」

「言いなさい」

鎖骨のあたりをきつく吸われると、瞳にじわっと涙が滲み、視界がぼやけてくる。

「知里」

囁くように甘い声音で誘われれば、もう抵抗なんてできない。

汗にまみれた未熟な肉体は、広瀬に向けて開かれることを学び始めている。

指を挿れられて感じてしまう場所は、あそこしか知らなかった。

「……」

知里は蚊《か》の鳴くような声で、その言葉を囁いた。

「なんだって？」

「……おしりを、」

「尻？　ここか？」

骨張った線を描く尻を広瀬の掌で撫でられるだけで、ぞくりと躰が震えてしまう。

「虐めて…、ください」

ようようその言葉を吐き出したのに、広瀬は低く笑うだけだった。

広瀬の教えた切ない快楽を思い出して、知里は身震いをした。自分はすっかりこの男に慣らされつつあるのだと、自覚せざるを得ない。

それでも、欲望を押しとどめることはできなかった。

「……旦那様、おねが…だから……」

虐めて、と知里は何度も口にした。前を責められながら後ろを指で弄《もてあそば》れることを教え込まれた知里は、その刺激にはすっかり弱くなっていたのだ。

「そんな風におねだりをして……本当に、おまえは欲張りでいやらしいな」

「だって……！」

それを言えって、当の広瀬が命じたんじゃないか……！

広瀬の望むままに、淫らな言葉を口に出すことを覚えたのに。

「ほかのことを覚えたら、おまえの望むようにしてあげよう」

彼は知里の髪をそっと撫で、腕を拘束していた腰紐を解く。ようやく両腕が楽になったが、そこは赤く擦れて痕になってしまっていた。

「……なに？」

「これをしゃぶってごらん」

広瀬のものを示され、知里は凝然と目を瞠ることしかできなかった。

「しゃぶるって、……」

当然のことながら、言葉が続かない。

前にも一度、それをしゃぶれと言われたことがある。だけど、恐ろしくてどうしてもできなかったのだ。

だが、今日は逃れようがない。

「歯を立てたりしたら、おまえに同じお仕置きをしよう」

ここで広瀬に逆らえば、きっと酷い目に遭わされる。知里は仕方なくそれに従った。

未成熟な知里のそれに比べて、広瀬のものは大きくて質感がある。色も形も違った。

おそるおそる舌先で触れてみると、広瀬が「続けなさい」と囁いて、知里の髪を撫でた。

行為はともかくとして、こうして頭を撫でられるのは好きだ。

それに促されるように、知里は先端の部分を飴玉のように舐めてみる。

「そこだけではなくて、もっと下のほうから辿《たど》ってみろ」

「んくっ」

下からと言われても、上手くできそうにない。広瀬の足のあいだにうずくまり、知里は性器を軽く摑んで付け根から先端にかけてを舌でなぞった。

「今度は口の中に全部入れなさい」

「……そ…なの、無理だ……」

「できるところまでやってみろ」

知里は上目遣いに広瀬を睨みつけてから、更に口を開いて広瀬のそれをゆるゆると頰張る。

「唇で扱《しご》くようにできるだろう？　そのほうが擦れて、男を感じさせるものだ」

言われたとおりに唇で触れさせようとすると、歯を立ててしまいそうだ。唇を内側に丸めて歯を隠すようにすると、広瀬は「さすがだな」と低く笑った。

「意外と見込みがあるようだ。おまえはやはり覚えがいい」

それでも今の知里には、舌で舐めたり指で弄り回すくらいしかできなかった。なにぶん、知里の口に比べて広瀬の性器は大きすぎるのだ。

「ごめ、なさ……」

唾液まみれになってそれを舐め回していた知里は、とうとう音《ね》を上げてそこから顔を背けた。舌は怠くなっていたし、顎の付け根が痛い。もう口を開けているのは無理だった。

泣き出しそうになって口元を拭った知里の頭を、広瀬はこの場には相応しくないほどの優しい手つきでそっと撫でる。

「ご褒美をあげよう」

長襦袢を脱がされた知里は、再び寝台に引き倒されることになった。

広瀬は足が胸につきそうなほどに、知里の躰を折り畳む。

「旦那、様……」

「ここを弄られるだけじゃ物足りないだろう？　挿れてやろう」

「なにを……？」

「おまえがさっきまでしゃぶっていたものだ」

広瀬はそう囁いて、知里の双丘をぐっと割り開いた。

「……ッ」

十分に解《ほぐ》されて薄く色づいた蕾を開かれる感覚に、知里は思わず息を呑んでしまう。

「指よりは太いが、我慢しなさい」

その言葉とともに、太くて硬いものが押し入ってきた。

「い、たい……痛い、痛いっ」

知里は身も世もなく泣き出した。指を入れる練習をさせられてはいたが、それだって一本ずつ徐々に増やされたのだ。一息にこんなものを挿れられたら、きっと死んでしまう。

「あ、あっ……ああ——っ」

「大丈夫だ」

知里の性器はすっかり力を失ってしまっていたが、広瀬はそれを捉えて弄ぶように扱き始めた。

「や、だよ……いや、」

「指で中を擦られるのは好きだったはずだ。いつも嬉しそうに腰を振るだろう」

それは指だったから、我慢できただけであって。

指よりも圧倒的に太いものが、知里の躰に入り込んでくる。

知里は敷布を摑み、広瀬から逃れようと身を捩った。

しかし、繋がれた部分を解放される兆しはなく、足をばたつかせようとしても、腰全体に鈍い痛みが走るだけだった。

「力を抜きなさい。そうすれば、痛くなくなる」

「うー……っ」

「できないのか？　男娼になりたいと言ったくせに」

彼の声音に厳しさが混じり、知里は懸命に深呼吸を繰り返した。

徐々に、腹のあたりから力が抜けていく。

「……ふ、うっ……っくう……」

「おまえの中は……熱いな。ぎちぎちに私を締めつけている」

広瀬がその躰の一部で、知里を感じている。知里の存在を。

「動くぞ」

「やだっ！」

「それで許されるわけがないだろう。ほら、おまえも少しは感じてきているはずだ」

彼はそう囁きながら、力を取り戻しつつある知里の付け根を掌で扱いた。

「や、あ……ああ、っ……ん」

どうすればいいのかわからずに声を上げようとしても、言葉になりようがない。

「……うご…いちゃ……やだ……、やだ……」

容赦なく広瀬は動き、知里の内側を滅茶苦茶に突き上げてくる。広瀬の熱の塊が敏感な肉襞《にくひだ》を擦り上げるたびに、もどかしくもたまらない感触が知里を追い立てた。

内臓に届くほどに責め立てられているような、そんな気がする。

広瀬に慰みに弄られている部分もぐちゅぐちゅに濡れていて、今にも達してしまいそうだ。

今まで広瀬がどれほど手加減して自分に接していたのか、わかるような気がした。

そう思うだけで、切なくなるほどに胸が苦しくなる。

「あ、ぁあっ……」

耐えかねた知里は敷布を摑むのをやめ、広瀬の背中にしがみついた。彼のそのシャツに爪を立て、何度も快楽をやり過ごそうとする。

「こんなに感じているのか」

広瀬は低く囁く。

「はしたない……本当にふしだらな躰だ。初めてのくせに、ここまで欲しがるとはな」

「も、う……おわり、に……し…てっ…」

そう訴えながらも、気づけば知里は腰をくねらせ、広瀬に続きを求めていた。

「…あぁ…ーっ!」

広瀬が深々と貫いたそのとき、信じられないほどに感じる部分に当たり、知里は思わず悲鳴を上げる。

「——ここか」

微かに笑みを含んだ声で広瀬は囁くと、腰を使って、そこを執拗に苛《さいな》み始めた。

「…そ、そこ…っ……、やめ…て…」

広瀬がそこを刺激するたびに、意識が飛びそうになる。あられもないことを口走って腰を揺すってしまいそうで怖いのに、やめてほしくない。

「ん、んっあ……ああッ！」

過敏な部分を責められて、知里は呆気なく白濁を振りまいた。しかし、放熱のあとも若い躰はすぐに熱を取り戻し、揺すぶられるまま、知里は何度も声を上げる。

「本当は、気持ちいいんだろう？　淫売になりたがるくらいだ」

「や、だ……やだ、やだ……っ」

「――知里……」

押し殺したように広瀬が囁くのが、意識の底で鈍く響く。

けれども今はその行為でさえ、知里には何の意味ももたらさなかった。

9

――馬鹿なことを、した。

広瀬の心中にあるのは、後悔の念だけだった。

いつかこの日が来るかもしれないとは思っていたが、いざ知里を手籠《てご》めにしてみると、ただ悔悟ばかりが募った。

自分よりも半分以下の年齢の子供を、酷い目に遭わせてしまったのだ。

「馬鹿だな……」

知里は広瀬を恐れているのか、自分からはこの書斎に寄りつきもしない。

当然だ。

嫌だと泣きじゃくる知里を、無理矢理抱いたのだ。

広瀬の怒りは一度では収まらず、二度、三度と彼に行為を強要した。

設計途中の庭園の図面を広げ、広瀬は『花壇』と書いた場所を万年筆で塗りつぶした。

理由も言わずに逃げ出そうとする知里が、悪い。

おまけに彼は、自分を男娼扱いしろとまで言ったのだ。

その事実が、広瀬を激怒させた。

——待つつもりだった。

しかし、こうなってしまっては、自分が何を待っていたのかさえおぼつかなくなる。

ただ、広瀬は知里が喜ぶ顔を見たかった。

ほかの誰かではなく、自分のために笑っていてほしかった。

なのに、知里を傷つけたのだ。

広瀬にも、己が優しくもなければ親切でもないという自覚はある。一方で、己はリベラルな思想の持ち主だと思っていたから、メイドたちと自分のあいだに身分差があることはあまり考えたことがなかった。

だが、知里だけは特別だった。

それゆえに、あんな責め方をしてしまったのかもしれない。

どうしてもっと、大切に扱えなかったのだろう。優しくできなかったのだろう。

後悔することしかできぬ自分があまりにも情けないと、広瀬は内心で舌打ちをした。

知里を手放したくないと願う。躰も心も両方手に入れたくて、あの少年を壊してしまいそうになる。

その独占欲の源が、直視するのも憚《はばか》られるほどの強い感情にあるということに、広瀬は気づき始めていた。

認めたくないことではあったが。


「うわっ」

がしゃんという音とともに陶器のカップが床に叩きつけられ、破片が床に飛び散った。

「大丈夫？」

夕食の支度はまだ当分先のせいで、厨房は人気《ひとけ》がない。

音を聞きつけてやって来たメイドに声をかけられて、知里は頷きながら割れてしまった茶碗の破片を見下ろした。

広瀬のための紅茶を用意していたのに、彼のお気に入りの青いティーカップを割ってしまった。

知里は、そのことにがっくりとしてため息をついた。

相変わらず、広瀬とは顔を合わせてはいない。

無論、同じ館にいるのだから、完全に会わないことなどできるはずがない。そのせいでよけいに、広瀬に露骨に避けられているというのが実感できた。

謝ってほしいというのは、主人を裏切った使用人にしては過分な望みだ。けれども、それならばせめて前と同じように扱ってほしかった。

たとえば今だって紅茶を用意して持っていっても、広瀬はたいてい部屋にいない。そのまま置いておくように、というのが彼の命令だった。

夕食を一緒に摂《と》ることもなくなり、広瀬はますます鹿鳴館に入り浸るようになった。

「どうしよう……」

「これぱっかりは仕方ないわ。旦那様には、謝れば平気よ」

いや……こういう些細な失敗をあげつらって、お仕置きされるのかもしれない。

一瞬はそう思った知里だったが、そこでぶんぶんと頭を振った。

そんなこと、もう二度とないだろう。

予感めいたそんな感情は知里の胸をちくりと刺し、そしてその痛みに呻きそうになる。

「旦那様は、これくらいで怒るほど狭量じゃないわ」

「……うん」

混乱している。いや、そうではなくて、落ち込んでいるのかもしれない。

広瀬が欲しかった。彼の体温と、彼の唇。あの声。

その感情は、日ごとに強くなる。

けれども、本来の彼は知里にとっては遠い世界の住人だ。

決して知里には入れ込めない場所で優雅にステップを踏み、女性をエスコートする。

鹿鳴館なんてくだらない、馬鹿馬鹿しいと言うけれど、それでも広瀬はそこに馴染むすべを知っているはずだ。自分を虚飾で覆い隠し、擬態《ぎたい》し、心を押し殺して生きるのだろう。

——本当は嫌なくせに。

子供だけど、子供だからこそ、知里はいつしか気づいていた。

皆が必死になって先に進もうとするのに、広瀬はわざと立ち止まっている。その気になれば、誰よりもしたたかに、時代の狭間を泳ぎきれるはずなのに。

広瀬はきっと、生きることに飽きているのだと。

だから、どうしたら彼が笑ってくれるのか、知りたかった。どうしたら喜んでくれるのか、知りたかった。

広瀬に幸せになってほしかった。毎日笑っていてほしかった。

なのに、自分には何もできない。身一つでできる男娼にだって、なれそうにない。

それに、知里と広瀬では、圧倒的に立場が違う。

彼はその気になれば、知里を暴虐に晒す力と権利を持っている。

でも、それを全部忘れていた。広瀬と対等でいられる気がした。

彼が時折見せる優しさに甘えていたのだ。

広瀬にとって知里は、ただの男娼候補か使用人でしかない。

そこにあるのは、金で繋がれた契約関係でしかなかった。

それを忘れさせてくれていたのは、広瀬の思いやりだったのに。

「知里さん？」

割れたカップの前に立ち尽くす知里にメイドが声をかけてきた瞬間、堰《せき》を切ったように、どっと涙が溢れ出した。

それを止めるすべも知らず、知里はただただ泣きじゃくる。

広瀬のそばにいるのが辛い。もう嫌だ。

なのに、目が離せない。離れたくないと願う。

知里だけが広瀬に囚《とら》われて滅茶苦茶になっていくのに、広瀬は何ともないなんて。

「あれ、どうしたの？　知里くん」

厨房を覗き込んでそう声をかけてきたのは、久々に訪れた正実だった。

「――正実さん……」

あの夜以来、彼にはずっと会っていなかった。

自分が彼に嫉妬していたという事実を思い出すと正実を正視できず、知里は俯いた。

「よかったら、一緒にお茶でもどうかな。――休憩してもいいですか？」

「ええ。カップを割ってしまったのが自分でも驚いたみたい。慰めてあげてくれる？」

メイドにそう言われた正実は頷いて、知里の手を引いてサロンへと向かった。

ソファに座り込んだ知里は、ようやく少し落ち着きを取り戻す。

「知里くん、この頃元気がないんだって？」

彼の質問に、知里は素直に首を縦に振った。

「――俺、やっぱり……愛人、向いてないんだ」

「どうして？」

「男娼のがいい。そっちのほうがいい……」

項垂《うなだ》れた知里は、床に視線を落とした。

「こんな気持ちで、旦那様に触られるの……もう嫌だよ」

ほかの人なら、仕事だと思って我慢できるかもしれない。

でも、広瀬は違う。仕事なんかで触られたくなかった。

「――つまらない話、してもいい？　聞いているだけでいいから」

「うん」

「僕は十四のときに東京に売られてきたって言ったよね。もう十年くらい前のことになる」

正実のやわらかな声は、知里を包み込む毛布のようだ。

「実を言うと、もう躰は売ってないんだ。好きな人ができてしまったから」

「そうなの……？」

広瀬のことだろうか。

「僕はね、秋成様の兄上の忠光様が好きなんだ。あの人は今、欧州にいるけど。秋成様とは、ただの友達だよ」

この美しい青年が広瀬の恋人でも何でもないという事実に、知里はなぜかほっとしていた。それだけで、随分気持ちが軽くなる。

「この屋敷に出入りしてるのは、忠光様に頼まれたからだ。秋成様はとても淋しがりだから、一人にしないでほしいって」

「あの人が……？」

淋しがりのようには、とても見えなかった。

「僕が出会った頃、秋成様には恋仲のお相手がいた」

知里は思わず、息を呑んでしまう。

「お相手はメイドだったたんだけど、気だても器量もよくてね。奥様になっても申し分ないだろうって人柄だったたんだけど……次男とはいえ、華族がメイドと恋仲になるのは外聞《がいぶん》が悪いだろう。それで、先代の旦那様が、そのメイドをよそに奉公にやったうえ、そこの使用人と結婚させてしまったんだ」

それはよくある話だと、思う。

「千里《ちさと》さんって名前の、綺麗な人だった」

「俺と、同じ名前……なの……？」

「そうだよ。漢字は違うけどね」

だから、彼は知里の名前を囁くときに、あんなに優しい声音で呼んだのか。

そのことに思い当たり、知里の心はずきりと痛んだ。

「秋成様は、将来を嘱望《しょくぼう》される建築家だったんだよ。十代半ばから欧州にも留学して、あちらで洋館の建築について体系的に勉強なさった。だから考え方もリベラルで、変な差別意識とかはないだろう?」

「うん」

知里はこっくりと頷いた。

お屋敷のメイドたちは、誰もがここは働きやすい職場だと口を揃える。それは広瀬に主人としての風格はあるが、使用人を見下すようなところがないせいだ。

「あの人は、千里さんと別れたあとはますます熱心に仕事に打ち込んだ。だけど、三年前に、秋成様が手がけた館で火事があって、たくさんの死者が出たんだ」

あまりに重い話を聞かされて、知里は黙り込んだ。

「建築を任された大工が、工賃をごまかすために手抜きをしたせいで、梁《はり》が崩れたって新聞には出ていたんだけど」

「それで、旦那様は責任を感じてるの……?」

「うん。亡くなった人の中には、秋成様のお友達もいらしたし……それに、以前恋仲だった、千里さんもいたからね」

広瀬は知らなかったらしいが、そこは千里の新しい勤め先だったのだという。

まるで刃物で抉《えぐ》られるように、胸が痛んだ。

「所詮は華族の道楽だって、世間から思いきり非難されて。それで秋成様は、引き受けていた仕事を全部断ってしまったんだ」

「そうなんだ……」

「秋成様は、それからすっかり変わってしまった。工事を毎日見に行けばこんなことにはならなかったと、今でも後悔してらっしゃるんだ。意地悪に見えるけど、本当は優しい人なんだよ」

それは、知里にもわかっていた。

広瀬は見ず知らずの知里を拾ってくれた。自分が怪我をさせたわけではないと知っていたのに、足の怪我を手当てしようと言ってくれた。外套をかけてくれた。知里に勉強を教えて、学校に行かせてくれると……それから、それから。

本当はいつも、広瀬の優しさは知里を包み込んでいたのだ。

確かに意地悪もされたし、皮肉ばかり言われた。男娼の真似事もさせられた。

でも、彼の傲慢さの裏側に常にあったのは、知里に対する優しさと気遣いだった。

「――――俺、本当は、知ってたんだ……」

「何を？」

ぽろっと涙が零れた。

「あの人が、すごく優しいって、知ってた……あの人は俺を……俺に、大切なものをくれたのに」

彼は知里を通じて、自分を捨てた女性のことを見ているのかもしれない。

自分の名前ではなく、かつての恋人の名を呼んでいるのかもしれない。

だけど、それでもよかった。

知里の心を動かしたのは、確かに暴力なんかじゃなかった。

広瀬の心と、彼の優しさだった。

「君なら、秋成様を変えられるかもしれない」

「――無理だよ」

知里は首を振った。

「旦那様は、俺に光をくれたけど……俺は、旦那様に何もあげられない」

その無力感。

だいたい、知里には無理だ。きっともう、信用してもらえない。

今や知里は、彼の元から逃げ出そうとした裏切り者なのだ。


「秋成様、ちょっとよろしいですか?」

そう言って部屋に入ってきたのは、女中頭のトメだった。

「ああ、どうかしたのか?」

ちょうど出かけようと思って着替えていた広瀬は、口元を綻ばせる。物心がつく前からずっとそばで働いてくれているトメは、広瀬にとっては母親にも等しい存在だった。

「知里のことなんですが」

「――あの子がどうかしたのか？」

彼の名前を出されても、平然と言葉を返すだけの能力は持ち合わせている。

「最近、どうも元気がないんですよ」

「礼儀作法が身についてきたんだろう？　上品になったんじゃないのか」

「いえ、そうではなくて」

普段ならばせかせかとしたしゃべり方をする彼女にしては珍しく言いよどみ、そして慈愛の籠もったまなざしで広瀬を見つめた。すべてを見透かすような、優しい瞳だった。

「あの子が来てから、この家もだいぶ明るくなったでしょう。空気が変わったというか」

「そうかも……しれないな」

それは、あえて口に出さなくとも、広瀬自身も感じていることだった。

「秋成様も、だいぶ人当たりが良くなった気もしますし」

「そんなことを面と向かって言えるのはおまえくらいだよ、トメ」

「私としては、知里にずっとこの家にいてほしいんですけどね、あの子も疲れているように見えるんです。一度暇をやって、親元に帰してやってはどうでしょうかねえ」

「…………」

思いがけない提案に、広瀬の心は揺らいだ。

「あの子はちゃんと戻ってきますよ。真面目な子ですし、秋成様に借金があるのは重々承知でしょう。逃げたりしませんよ」

「わかっている。義務だと思えば……知里は帰ってくるだろうな」

それでもずっと手元に置いておきたいと願うのは、広瀬の我が儘だ。

借金なんて、本当はどうでもよかった。

ただ知里が――彼が笑うところを見たかった。

そのてらいのない明るさと優しさを、広瀬に向けてくれるだけでよかったのだ。

「いくら年季奉公とはいえ、ずっと家に帰さないのは酷というものですよ」

そう、わかっているのだ。

義務では嫌だ。自発的に帰ってきてくれなくては、意味がない。

けれども、決定権を彼に委《ゆだ》ねれば、知里は二度と戻っては来ないだろう。あんな思いをしてまで、彼は家に帰りたがっているのだ。

知里を帰したくはない。手放したくはなかった。

一度手を離したら、あの明るい日溜まりはもう二度と手に入らなくなってしまう。

――二度と。

そして広瀬は、胸をかきむしられるようなあの別離の痛みを、もう一度味わわなくてはならなくなるのだ。

何度も失った。何度も何度も、広瀬は愛しいものや大切なものを手に入れては失い、その繰り返しで生きてきた。

だからもう、何も欲したくはない。何も失いたくはない。

そう思っていたのに、広瀬は知里に出会ってしまった。

たった一つ、欲しいと思える存在を知ってしまった。

ほかの人間を失うことには耐えられても、知里をなくすことには耐えられないだろう。知里だけが、広瀬をここまで臆病にするのだ。

けれども、このままでは自分は、知里を滅茶苦茶にしてしまうだろう。あの明るく真っ直ぐな少年がその美点を失うのをつぶさに見ているのは、あまりにも辛すぎる。

愛しいと思うならば、彼を手放したほうがいいのだ。

「……そうだな。あとで知里に話してみよう」

「ありがとうございます」

ほっとしたように彼女は微笑んだ。

「知里が帰りたくないと言えば、帰ってこないほうがいいのだろうな」

「あの子は帰ってきますよ」

「仕事でなければ、誰だって親元がいいと言うに決まっている」

「拗ねてらっしゃるんですか？　らしくない」

「——違う」

諦めてしまおう。何もかも。

最初からあの子などいなかったことにしても、また元の暮らしに戻るだけだ。

小さな棘《とげ》が、広瀬の心に刺さる。

痛みなど、なかったことにすればいい。もっと鈍感になって、何もかも忘れてしまえばいい。

そのほうが楽になれるはずだった。


「えーっと……」

今日は廊下と玄関を掃除して、一階の窓硝子をぴかぴかに磨いて。

それから、手が空いたら庭仕事を手伝ってほしいと言われていたっけ。

指を折りながら仕事をしていた知里は、トメに「ちょっと」と声をかけられて顔を上げた。

「なに？」

「旦那様がお呼びだよ」

「え……？」

どきりとした。

このあいだ、青いティーカップを割ってしまったことはまだ伝える機会がなくて、知里も気にかかっている。それがばれてしまったのだろうか。

知里は前掛けを外し、おそるおそる広瀬の書斎の戸を叩いた。

「どうぞ」

「失礼します」

広瀬は机に向かって何か書き物をしており、知里に目もくれなかった。

久しぶりに顔を合わせた広瀬は、少し痩せたような気がする。何か辛いことでもあったのか。もしくは、連夜の放蕩《ほうとう》が意外と堪えているのかもしれない。

「あの、何か用事があるって伺ったんですけど」

「――おまえに休みをやろうと思う」

「え……?」

意外な言葉に、声が震えた。心臓がばくばくと脈を打ち始め、掌に汗が滲む。

「ど、どうして?」

そこでようやく広瀬はペンを置き、こちらを見上げた。

「故郷に帰りたいと言っていただろう?」

「それは、そうですけど」

でも、この前は、知里が帰ろうとしたことに、あれほど腹を立てたくせに。

その変化が、知里には理解できなかった。

「俺が、俺がカップを割ったからですか?」

「カップ?」

広瀬は眉をひそめる。

理由がわからずに、知里は懸命にその謎を解こうとしていた。

なぜ自分が暇を出されるのか、納得することができなかったのだ。

「いつまで経っても言葉遣いは荒いし、不作法だから? 庭の植木を踏んだから? アイロンがけが下手だから? それとも……」

理由なんてないような気がしたし、ありすぎるほどにたくさんあるような気もした。

「なんだ、全然嬉しくなさそうだな」

「そ、そんなことないです。勿論、俺は帰りたいし」

それに、帰るといってもほんの数日だろう。他意はないに違いない。

せっかくの広瀬の気遣いを踏みにじるわけにもいかず、知里は何とか言葉を選んだ。

「そうだろう。もう戻ってこなくてもかまわない」

すぐには理解できなかった。

「今、なんて……?」

「暇を出そうと言っているんだ。おまえみたいな子供に、何かと気苦労の多い華族の屋敷での年季奉公なんて、勤まらないだろう。無体なことをしたと、こう見えても反省しているんだよ」

彼は口元を歪め、笑みを作る。

「借金は全部返済したことにしてやろう。田舎に引っ込んで穏やかに暮らしたほうが、おまえの身のためだ」

「俺、ここにいたいです。お金だって稼いで、家族を養いたいし、それに……」

信じられない。こんな風に呆気なく、終わりになるなんて。

「それなら、どこかよその奉公先を探してやろう」

違う。

違う。そうじゃない。

どうしてこの人はわかってくれないのだろう。

知里はこんなに、もどかしくなるほど、ただ、広瀬のところにいたいと願うのに。

「約束……破るんですか？」

「ああ、そうだな。学校に行かせてやれなかったな。もう少し基礎を覚えてからと思っていたんだが、すまないことをした」

そんなに簡単に、謝らないでほしかった。

「一人前の男娼にしてくれるって言ったくせに」

動揺のあまり、声も掠《かす》れてしまう。

「おまえには無理だ」

「そんなの、やってみなきゃわかんない！」

「三ヶ月経っても、ろくに覚えられなかっただろう？」

揶揄するように突き放されて、知里はぎゅうっと自分の両手を握り締める。

何を言ったところで、無駄だ。広瀬を言い負かすことなどできるはずがない。

それで広瀬が納得するのなら、知里には追いすがる権利はない。

自分は彼に雇われているだけの使用人であり、それ以上のものではなかった。

広瀬の人生にとって、知里は必要のない部品なのだ。彼はそう判断したのだろう。

「――――わかりました」

力無く、知里はのろのろと頷いた。

あれほど故郷に帰りたかったのに、今となっては、こうして暇を出されて家に帰ることが、ひどく惨めに感じられた。

「俺、帰ります」

一瞬、広瀬が視線を上げて、知里の瞳を凝視する。

ここで終わりにしたら、もう二度と会えない。広瀬は知里にとっては、雲の上の人になってしまう。

「いろいろ教えてくださって、どうもありがとうございました」

知里は頭を下げた。

知里の中に言葉があるというのなら、それを吐き出してしまいたい。

けれどもすべては悔しくなるほど曖昧で胡乱《うろん》で、そして知里には口にできないままだ。

「手紙、書きます」

「その必要はない」

広瀬は首を振った。

「この屋敷のことなど、忘れてしまったほうがいい。きっと、私とは出会わないほうがよかったんだ」

そうやって広瀬は過去を切り捨ててしまうのだろうか。

知里がいた日々を。

「俺のことも、忘れるんですか……?」

「去る者は日々に疎《うと》し、と教えただろう?」

質問に質問で切り返され、知里はくっと唇を噛んだ。

なかったことにする。全部消し去ってしまう。

それができるのは、広瀬が大人だからだ。

知里には無理だ。できないに決まっている。

だって自分は、こんなに、こんなに広瀬のことを——。

「……お世話になりました」

知里は深々と頭を下げ、広瀬に見つからないようにそっと涙を拭った。

泣いていることを知られたくはなかった。

知里の涙に気づけば、広瀬は密かに気に病むだろう。

彼は、そういう人なのだ。

優しさを優しさという形にできない人なのだ。

だからこそ、暴力ではない『何か』で、広瀬の心を動かしたかった。

彼の中で凍りついた時間というものを、動かしたかった。

だけど、知里では駄目だ。知里には何もできない。

知里は、ただの道具だから。

道具以上になれないこの身の上は、なんて切なくて淋しいものなのだろう。

10

「呆気ない……ものだな」

玄関のすぐ上にある一室から階下を見下ろすと、知里が出ていくところが見える。

執事には馬車を出してやるように言い置いたのだが、別れが辛くなるからと、乗合馬車で行くと答えたのだという。どうせならば、停車場《ていしゃば》にすぐ着く手段で行けばいいものを。

知里の視線が縋《すが》るように何かを探し、窓を見上げる。

広瀬はそれから目を逸らし、書斎へ向かった。

本でも読めば気が紛れるだろうと思ったのだが、知里に勉強を教えてやっていたこの部屋は、彼の存在の片鱗《へんりん》がそこかしこに残されているような気がした。

初めて地球儀を見せてやったときのこと。漢字を教えたときのこと。仏蘭西や英国の庭園の本はないのかと聞いたときのこと。

それから――。

「秋成様……！」

ぱたぱたと足音が聞こえてきたかと思うと、ノックもせずに正実が飛び込んでくる。

「どういうことですか！」

彼らしくない、無作法さだった。

「どう、とは？」

「知里くんと今、すれ違いましたけど」

「あの子なら、出て行ったんだ。家に帰りたいというから、帰らせた」

「戻ってこないんですか？」

「そうだ」

もう、ここには戻りたくないと言われるのが嫌だった。

だから、戻ってこなくていいとこちらから先回りして伝えた。それだけのことだ。

広瀬は逃げたのだ。面倒なことから。

「それでいいんですか？」

「この家にいて、あの子が幸せになれるとでも？」

「あなたは、彼を不幸にしていたのですか？」

答えることはできなかった。

幸せにしてやっていたとは、到底《とうてい》思えなかったからだ。

「そうやってあなたは、また大切なものを失うんですね」

「何とでも言えばいい」

広瀬の声音に滲むのは、己への嘲りだった。それ以外のものはない。

「——あの子、手袋をすごく大事にしてたんですよ」

「手袋？」

「あなたがあげた手袋です。もったいなくて使えないって」

「大きすぎるから、邪魔だったんだろう」

「まったく、あなたはこういうときに限って鈍感になる」

苦笑さえ混じった声色に、広瀬はこのとき初めて正実の顔を正視した。

「それより、座ったらどうだ？　今、お茶を運ばせよう」

「だって、知里くんの汽車の時間が！」

どうあっても、正実は広瀬に停車場に行かせたいらしい。

「見送りにいくつもりはない」

強情にそう繰り返す広瀬に、とうとう正実はため息をついた。

「秋成様」

「憎くて見送りにいかないわけじゃない。私はこれでも……あの子のことを嫌いではなかった。

憎んでいたわけでも、疎んじていたわけでもない」

なぜか気弱な言葉が漏れてしまい、そのことに広瀬は内心で自嘲する。

「わかっていますよ、それくらい。とても愛しておられたのでしょう?」

沈黙は肯定の証だった。

いつしか己の中で、知里の存在がひどく大きくなっていた。広瀬自身にも信じられぬほどに。

手放し難いほどに愛しくなっていた。

あの素直さも健気さも、真っ直ぐな気性も、何もかもすべて。

「――光をもらったと言っていました」

「光……? 誰に?」

「知里くんが、苦しくて怖くて誰も信じられなくなったときに、あなたが光をくれたと。あなたが優しくして、暖かくしてくれたのだと」

「男娼扱いされて躰を開かされて、光をもらっただと?」

あまりにも、お人好しすぎる。だから知里は、他人に騙されるのだ。

「あの子には、あなたの存在がそう見えるんですよ。それで十分ではないですか?」

――違う。

癒されたのは、暖められたのは、広瀬のほうだった。

他人と触れあい、求められる悦びをくれたのは。溢れそうになるほどの、愛しさをくれたのは。

いつも知里だった……。

ただ流されるように時代の狭間に漂う広瀬とは裏腹に、知里は必死でもがき、泳ぎきろうとしている。こちらが呆れてしまうほどの真摯さで。

「もらったのは私のほうだ。なのに、何も返してやれなかった」

抱き締めてやればよかったのだろうか。

愛してやればよかったのだろうか。

奪われ続ける運命を傍観するのではなく、この手で彼を勝ち取ればよかったのか。

「それなら、今からでも遅くはないでしょう？　だいたいあの子がまだ男娼になるのを諦めてなかったら、どうするんですか？」

「なに……？」

その可能性を考えたことはなかった。

「ああ見えて、彼は意志が強いほうです。家族のためなら、それこそ男娼にでも何でもなるんじゃないですか？」

「そんなこと……するわけがない」

「そんな保証がどこにありますか？」

甘い嘲りに、広瀬の心は騒いだ。正実の意図は明白だ。

「僕がたきつけてあげられるのは、ここまでですよ」

くす、と彼が小さく笑う。

「迎えにいかれてはどうですか？　大義名分を差し上げたのですから」

「——ずるい男だ」

「それは勿論。海千山千《うみせんやません》の男娼ですから。男を手玉に取るのはお手の物です」

正実はそう言って、口元を綻ばせた。

知里は一回りも年下の未熟な子供にすぎない。

だが、その子供のことが、広瀬にはたまらなく愛しかった。

もう二度と、手放したくないと思うほどに。


「うー……重い……」

広瀬の用意させた舶来《はくらい》のトランクは丈夫なのはいいが、いささか知里には大きすぎ、大した荷物が入っていないというのにすぐに手が痛くなってきた。

知里は歩くのがすっかり嫌になってしまい、トランクの上に座り込む。

鞄だけでなく、足も鉛《なまり》のように重かった。

本当はもっとゆっくりしてきてもよかったのだが、あの屋敷にいるといろいろなことを思い出してしまいそうで嫌だった。

そのせいで、トメたちが申し出てくれた見送りも、断ってしまった。一分でも一秒でもあの屋敷との関わりが長引けば、その分だけ胸が痛くなってしまう。

「……馬鹿だな」

知里は目を閉じる。

思い出したって、何にもなりはしない。ただ心が痛くなるだけなのに。

なのに心はただ、まるでそれを刷り込まれたように懐かしい人の面影を探す。

知里はポケットの中に入れてあった手袋を、ぎゅうっと摑んだ。

時季はずれの手袋は、お守り代わりに上着の中に入れてあったのだ。

知里にとって、なくし難いたった一つの宝物だった。

「坊ちゃん、旅行かい？」

不意に腕を摑まれて、知里ははっとして瞳を開く。

「え」

気づくとごろつきという言葉の似合う三人の男に囲まれており、何事なのかと知里はぎょっとした。

「何か、ご用ですか？」

「その荷物、重そうだろ。持ってあげようと思ってな」

男の一人にそう言われて、知里は慌てて首を振った。

「もうすぐ汽車の時間だから、大丈夫です」

そうでなくともごちゃごちゃと人ばかりが多い停車場は、掏摸《すり》やかっぱらいが多いという噂も頷けた。

「いいから」

すっかり狼狽えてしまった知里の右手を掴み、男は無理矢理に立たせようとする。

「離してください！」

行き交う人々は、見て見ぬふりをしている。誰もこんなことには巻き込まれたくないのだろう。

いつぞやの銀座の一件を思い出し、知里は都会の冷たさに、切なさすら覚えた。

「俺、お金とかないです。今だって奉公が終わって田舎に帰るだけで」

「だったらなおのこと、いいじゃねぇか」

年嵩《としかさ》の男は下卑た表情でにやりと笑った。

「これだけの上玉だ。もう少し、金を稼ぎたいだろ？」

「…っ」

男の節《ふし》くれ立った指が知里のほっそりとした顎を捉えた。

酒に濁った瞳。吐きかける息も酒臭く、知里は顔を背けようとする。身じろいだその拍子に、
ポケットに入れてあったはずの手袋が落ちた。

「あっ」

慌ててそれを拾おうとしたところで、着物の男が素早く取り上げてしまう。

「返してよ！　大事なものなんだからっ」

身を振った知里は、必死になって男の手を振りほどいた。

「返してやるから、ついてこいよ」

「やだ！　離せよ！」

滅茶苦茶に腕を振り回すと、それが別の男の頬に当たった。

「こいつ……！」

男は声を荒らげ、その手を振り上げる。

殴られる！

ひやりとした知里はそこで身を縮こまらせ、思わず目を閉じた。

だが、その瞬間はいつまで経ってもやってくることがなく、それどころか「痛えっ」という妙な悲鳴さえ聞こえてくる。

おそるおそる目を開けた知里が見たのは、片時も忘れたことのない相手の姿だった。

「――旦那様……」

大きな目をまじまじと見開き、知里はぼんやりと呟く。

どうして広瀬がこんなところへ？

見送りに来てくれる予定なんか、なかったはずだ。

「なんなんだよ、てめえ……」

濁声《だみごえ》の男がそう唸《うな》ったが、広瀬は怯《ひる》むことがなかった。

「この子は私のものだ。手を触れることは許さない」

広瀬は静かにそう告げると、男たちを威圧的なまなざしで睨み据える。

ちっと主犯格の男が舌打ちし、そして身を翻《ひるがえ》した。

「馬鹿。ぼんやりしているから、いつも同じような厄介事に巻き込まれるんだ」

普段のようにそんな嫌みっぽいことを言ってのけた広瀬は、その言葉とは裏腹に、やけに優しい仕草で知里の肩を抱き寄せた。

「あんな手袋、放って逃げればいいだろう」

「だって、大事なものだから」

知里はそう答えて、そしていたたまれなくなって俯いた。

いつからだろう。広瀬のことを見つめるのが、怖くなったのは。

広瀬の瞳に自分が映っていないことを知るのを恐れるようになってしまった。

「見送り、来てくれたんですか?」

「違う」

やっぱり何かのついでだったんだ。広瀬の一言に、知里は情けなくなるほど激しい落胆を覚えた。そんな知里の躰を抱いたまま、広瀬はこちらを見下ろす。

「迎えに来たんだよ」

「迎え……?」

「学校へ入れてやるという約束を果たしていなかっただろう？」

「それはそうだけど」

我ながら非常に歯切れが悪く、知里はそこで口ごもった。

彼が何を言おうとしているのか、よくわからなかった。

「私を嘘つきにする気か？」

「で、でも、学校ならうちでだって、行けるもの」

「だが、上州には私はいないはずだ」

「いたら困るよ」

見上げると頭のすぐ上には、広瀬がいるのがわかるから。だから、怖くて顔を上げられない。

彼のその美貌を見てしまえば、きっと知里は口にしてしまう。

帰りたくない。帰りたくなんか、ない。

その素直な気持ちを。

「戻っておいで。もう意地悪なんてしないから」

「どうして……？　俺に、お暇を出したのは旦那様じゃないか」

ぽろっと涙が零れた。

「…ほ、本当は、…俺、嫌なのに……嫌だったのに……」

優しくされると心が溶けてしまう。砂のようにさらさらと崩れてしまう。

強張っていたものが脆くなって、崩れて。

広瀬の熱で壊れていく。

「わかっているよ。でも、私はおまえがそばにいないと、淋しいんだ」

ひどく穏やかな声で広瀬が言いきるのを聞いてしまうと、知里は我慢できずに広瀬の胸にしがみついて——泣き出した。

このとき初めて知里は、普段は誰よりも身だしなみに気をつけている広瀬が、ネクタイを締めていないことに気づいた。彼は、取るものもとりあえず駆けつけたのだ。

「……どこにも行きたくなかったんだ……」

今ならわかる。

どこにも行きたくなかったのは、広瀬のことを好きだからだ。好きな人のそばにいられなくなるのが、とても辛かったせいだ。

好きだから、道具扱いされたくなかった。

好きだから、誰かと一緒にされたくなかった。

「俺のところに来るか?」

「お給金なんていらない。ただで働いてもいいから、だから……」

知里は啜《すす》り上げる。

「おそばに置いてください……」

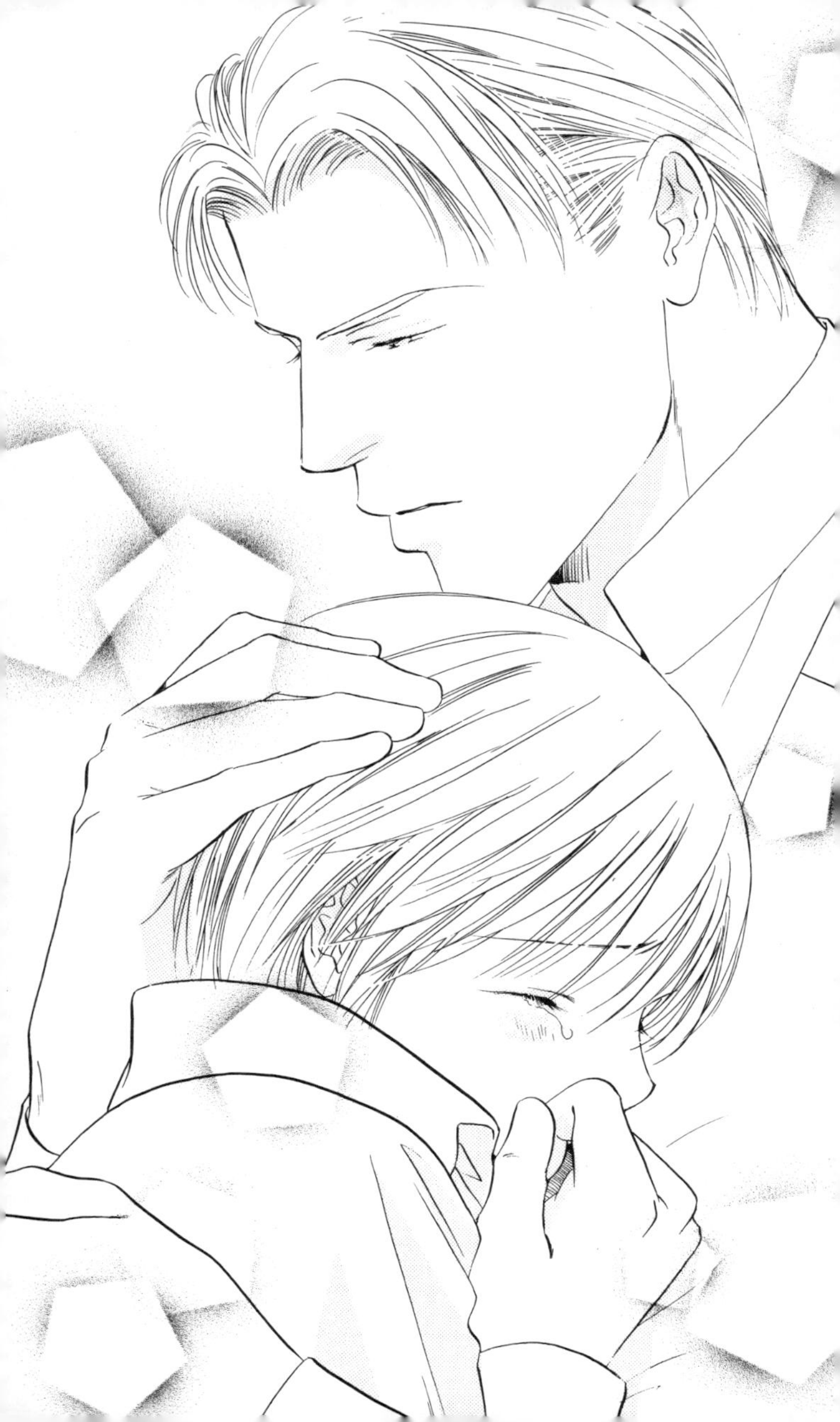

泣きじゃくりながらそう言い募った知里の髪を、広瀬は撫でる。

「庭に花壇を作ろう。おまえの好きな花を植えるといい」

そうしたら、花が咲くまでは一緒にいてもいいのだろうか？

この人の、そばに。


「……美味しい」

甘いヴァニラのアイスクリームは、知里の大好物でもある。銀のスプーンでそれを口に運ぶ様を、広瀬は穏やかなまなざしで見つめている。

おかげで口の中は冷えているのに、知里の頬はかあっと熱くなってきた。

広瀬に連れ戻されたのはいいものの、こうして久しぶりに二人きりになると、なぜだか妙に照れてしまう。

夕食時の会話といったら、これから知里がどうするかとか、どんな学校に行くかとか、そういうことくらいだ。

知里としては、男娼としての修業が終わるまでここに置いてもらえれば、それで十分だった。

過分な望みを抱いて、期待しすぎて裏切られるのは、あまりにも辛い。

「食事を終えたらゆっくり休みなさい。おまえも今日は疲れているだろう？」

「え……？」

知里は小首を傾げたものの、平らげてしまったアイスクリームの器を下げられれば、いつまでも食堂にとどまる理由もない。

「――おやすみなさい」

知里は不承不承《ふしょうぶしょう》そう伝えて、椅子から立ち上がった。

先に扉を開けた広瀬は、「おやすみ」と微笑みとともに告げて姿を消す。

自室に向けてぺたぺたと歩き出した知里は、廊下の中ほどで、ぴたりと立ち止まった。

これから自分は、たった一人で眠るのだ。

広瀬に触れられずにいるあいだ、どれほど淋しかったか。どれほど、苦しかったか。

あんな思いで夜を過ごすのは、もう、たくさんだ。

べつに、好かれていなくたっていい。心なんてなくてもいい。

知里はただ純粋に、広瀬のそばにいたいだけだ。

自室へ戻ることもなく、知里はきびすを返して走り出す。

はじめに広瀬の書斎に行ったが、彼の姿はない。意を決して、その隣にある寝室の扉を叩いた。

「どうぞ」

おずおずと扉を開け、知里は不思議そうなまなざしを向ける広瀬を見上げた。

「知里、どうした？　夜伽《よとぎ》でもしてくれるのか？」

震える指先をぎゅっと握り締め、知里はその冗談めいた台詞にこっくりと頷いた。

「大人をからかうのも大概《たいがい》にしておけ。いつか酷い目に遭うぞ」

「か、からかってない、です」

「おまえだって、愛人や男娼見習いなんかじゃなくて、普通の使用人のほうがいいだろう?」

広瀬の指が、知里の頬に触れる。

「金なんて、返さなくていい。おまえは、おまえの望むとおりに生きなさい」

「だから、ここに来たんだ……」

知里はそう呟いて、広瀬を見上げた。

自分の心を取り繕った敬語では、知里の気持ちは伝わらない。そう思ったからこそ、知里はいつもの話し言葉で懸命に真意を告げようとした。

「旦那様に触ってほしくて、それで来たんだ」

広瀬はため息をつく。

「それはおまえの勝手な言い分だ。私の気持ちも少しは考えてくれ」

「旦那様は、嫌なの……?」

無言のまま彼は知里の手を引いて、力づくで抱き寄せる。

そのままベッドに倒れ込む形になって、知里は頬を染めた。

「おまえは子供だ。世の中の仕組みを、まだ何も知らない。それにつけ込みたくないんだ。それが私の大人としての矜持だ」

どう言えば広瀬に自分の気持ちが通じるのかがわからず、知里は目を伏せた。

「俺、怖かったんだ。最初に……逃げたとき」

広瀬は何も言わなかった。

「俺には旦那様だけが特別なのに、俺は旦那様にとって、ただの道具なんだってわかったから。だから、怖くて……それなら、誰かに躰を売ったほうが楽かもしれないって思ったんだ……」

それが知里の正直な気持ちだった。

「でも、今は道具でもいいから……だから、触ってください。俺、旦那様のこと……すごく好きだから」

呆れてしまったのだろう。彼は、相変わらず無言のままだ。

「——ごめんなさい」

好きになってしまって、ごめんなさい。

何もできないかもしれない、何も変えられないかもしれない。

だけど、ただ好きでいることを許してほしい。

そうすればいつか、広瀬の心を動かせるかもしれない。

暴力でも『何か』でもなく、知里のこの愛で。

「どうして謝るんだ?」

「迷惑でしょう……?」

顔が熱い。ほっぺたも耳も、まるで熱でもあるみたいに。

「俺、ただの使用人だし……家は小作農だし……旦那様と全然違うもの」

「そんなものは、おまえの本質とは関係ない」

こちらが驚くほどきっぱりと、広瀬は言いきってしまう。

「でも、でも、本当に、何もできないんだ、俺。あんたが……旦那様が、苦しくなければいいのにって思うのに」

上手く言葉にできないことが、ひどくもどかしい。

「俺を助けてくれたみたいに、旦那様のことを、俺が少しでも……楽にできたらいいのに」

泣き出しそうになって、知里はきつく唇を噛み締めた。

そんな知里を、広瀬はいつになく優しいまなざしで見つめる。

「──おまえがいたから、それだけでよかった。私はずっと忘れていたことを思い出した」

「何を……?」

「他人を好きになることを」

広瀬はそう囁き、知里の目尻に滲んだ涙を舌先で拭った。

「おまえが好きだ」

照れてしまうほどの真摯な囁きに、知里は返す言葉を失った。

「知里」

囁かれた名前は、まるで蜜のように甘い。

「最初の夜に教えただろう？　唇は本当に好きな相手にだけ、許すものだと」

「……うん」

「いいのか？」

知里は迷うことなく、こくりと頷く。

自分から広瀬に唇を寄せようとすると、それより先に彼に唇を奪われた。

「ん、っ」

自分の口の中に舌が入り込み、知里のやわらかな粘膜を探っていく。それだけのことなのにじわりと体温が上がってきて、知里は驚きのあまり身を捩ったが、広瀬は存分に唇を味わった。

頭を撫で、頬に触れる優しい指の感触に、知里ははっとした。

「あ……」

覚えがある指先。

「もしかして、旦那様だったの……？」

「何が？」

「このお屋敷に来た最初の夜、俺の手を握ってくれたの」

「——覚えていたのか。ずっと寝ていたくせに」

広瀬は苦笑する。

「正実さんだと、思ってた」

「途中で代わったんだよ、用事があったからな」

知里を暗がりから、恐怖からいつも救ってくれたその手。優しい指。

それがこの人のものだったことが、涙が出そうになるほど嬉しかった。

何度も触れられたのに、どうして気づかなかったのだろう……?

最初から広瀬は助けてくれたじゃないか。どんなやり方であれ、知里のことを。

「教えてあげよう。私がどれほどおまえのことを欲していたか」

広瀬は知里の鼻を軽く囓《かじ》り、そしてその軽い肢体をベッドに横たえた。

「男娼になんてさせたくない。おまえは私のものだ。私がおまえに対してだけ横暴になるというなら、それは独占欲のせいだ」

傲慢だと思うほどの言葉なのに、不思議と腹は立たなかった。

だって、広瀬の言っていることが、知里にはよくわかったから。

「だから……そばにいてくれ。おまえが望む限り」


灯りを落とした寝室で、こうして触れられたことは幾度となくある。

なのに、今夜はいつになく緊張していた。

「そういえば、また少し背が伸びたんだな」

組み敷いた知里の胸の突起を指の腹で弄りながら、服を着たままの広瀬はそう囁く。

広瀬の吐息や服地が触れるたびに知里の膚はその刺激に粟立《あわだ》ち、ぞくぞくするような不思議な感覚が全身に走った。

乳首を軽く吸われただけなのに、もう躰の端々に汗が滲み始めている。

「あ…ふっ」

小さく声を漏らすと、広瀬は「それでいい」と優しく告げる。

「……そこ、あんま……いじんな、…でっ……」

彼の濡れた舌が知里の膚を這い回り、皮膚の内側に悦楽の熱を植えつけていく。

触れては離れるそのもどかしい繰り返しに、知里は膝を立て、敷布を握り締めた。

「…ん、っ……や、やだ……」

「やめてほしいのか?」

「わかんな…ッ…」

触れられ、吸われたところがぽつぽつと熱くなり、焦れったい感触に知里は身を捩った。

男に抱かれることを覚えた躰は淫らに反応を始め、性器は昂《たかぶ》りかけている。

「今夜は随分早い」

知里の膝を割った広瀬はそこに身を滑り込ませ、無造作にその性器を握った。

「…っん」

短く声が漏れ、知里は息を詰める。

「もう濡れてきているな」

指を擦り合わせるように軽く扱かれ、その刺激は知里の劣情を募らせる一方だった。

「待っ…てよ………」

「待たない」

抵抗するいとまもないうちに、知里のそれは広瀬の口中に飲み込まれていた。

「んう……」

ぬめった温かい感触に包まれ、知里は思わず声を上げてしまう。先ほどからひっきりなしに零れ落ちるのは淫らがましい喘ぎばかりで、それを止められないことが自分でも怖かった。

「……あ、あっ…や、だあ……」

彼はわざと音を立てるようにして、知里の性器を舐める。

付け根から先端にかけてを広瀬の舌で辿られると、その微細で淫靡《いんび》な刺激に躰が震えていうことを利かなくなった。

知里は指先が真っ白になるほど強く敷布を摑んだが、それだけでは滲み出す快楽をやり過ごせそうにない。

ざらついた舌の感触。唇で吸われて、敏感な先端を執拗に舌や指で弄られる。もはや弾けそうな知里の性器からは先走りの蜜が溢れ、茎を伝って下腹をべとべとに汚していた。

「勝手に達《い》こうなんて、悪い子だ」

広瀬の手でささやかな刺激を与えられるだけでも、すべてが弾けそうだった。

耳に吹き込まれる声にさえ反応し、躰は勝手に昂ってしまう。

こんなに感じてしまうなんて、自分で自分が怖かった。

「だっ…て、…もう…っ……！」

「しばらくは我慢してろ。たっぷり可愛がってやる」

広瀬はいっそ酷薄な声音で告げると、その付け根をきゅっと握る。

「ぁうっ」

「我慢の躾を忘れていたようだ」

そう言いながらも彼は、括《くび》れた部分を更に舌先で弄ってくる。昂った性器は広瀬の手の内ではしたなくぴくぴくと脈打っていて、その事実が知里には耐え難かった。

「もう、とろとろじゃないか」

「……あっ、や、んっ」

広瀬は知里の付け根を押さえ込んだまま、窄まりまで舌を這わせていく。

「やだ、や……やだ！」

「これがいいくせに？」

ずるいのは、広瀬が知里に放埒の瞬間を与えないことだ。性器や胸を刺激して熱を与えるだけ与えるくせに、それでも彼は知里をまだ達かせてはくれていない。

頭の芯に快楽の脈動が突き刺さるような、あの瞬間を味わいたい。

「旦…那さま……おねが、…だか……」

舌でそこを溶かされる刺激にたまらなくなって、知里は身を捩った。

「こっちをもっと虐めてほしいのか？」

「は、ああっ……あぁ…っん……」

いつしか知里のほっそりとした腰は淫らに揺れ動き、新たな快楽を得ようとしていた。

「ここをどうされるのが好きなのか、教えてくれたらご褒美をあげよう」

広瀬の言わせたがっている言葉には覚えがあり、知里は嫌々首を振った。

前に一度それを言ったことがあるのだが、恥ずかしくてたまらなかったからだ。

「知里」

しかし、囁くように甘美な声で言われてしまえば、知里としてもすぐに陥落してしまう。

何よりもそこに雄《おす》を咥《くわ》え込む快感を知ってしまったのだ。どれほどその行為が気持ちいいのか、知里の躰は心よりも先に、その快楽に馴染みつつあった。

「…下の……くち、に……挿れ、て…っ…」

「どうして?」

「……気持ち…い…から…」

その言葉が終わるか終わらないかを見計らって、広瀬は突然、知里の体内に指を突き入れた。同時に、知里を追い詰めていた縛《いまし》めがようやく外される。

「あー……ッ」

悲鳴に近い声を上げ、知里はびくんびくんと痙攣《けいれん》しながら達した。

濃厚な体液が下腹に飛び散り、広瀬の衣服までもねっとりと汚す。

しばらくは荒く息をついていた知里だったが、広瀬に髪を撫でられて、そこでようやく緊張を解く。一糸纏わぬあられもない姿のうえ、躰は汗と己の体液にまみれてしまっており、それが恥ずかしかった。

「……旦那様、も……」

呼吸を整えて、知里は自分を組み敷く広瀬を見上げた。

「気持ちよく、なってるの……?」

「——そんなことが気になるのか。触ってごらん」

知里はおそるおそる腕を上げ、彼の下肢の付け根に手を伸ばす。布越しに触れたそこに広瀬の脈動を感じ、知里は思わず息を呑んだ。

「知里?」

広瀬の衣服をくつろげて、目当てのものを引っ張り出そうとすると、男は小さく笑った。知里の指の動きはまだ拙いけれど、どうしても広瀬を感じさせたかった。

「……いい子だ」

彼は小さく囁き、体勢を変えてヘッドボードに寄りかかる。その足のあいだにうずくまり、知里は男の下腹に顔を埋めた。

「んくっ」

その大きさに比べて知里の口は小さすぎて、頬張るのは舌も口も痛くなってしまう。だけど、広瀬を欲しいという知里の気持ちを少しでもわかってほしかった。

「は、ふう……」

ぴちゃ、と音を立てて舐めると、知里の髪を先ほどから撫でていた広瀬の手に少し力が籠もるのがわかる。歯を立てないように気をつけながら、吸ったりしゃぶったりしているうちに次第に広瀬のものが硬く大きく育ち、知里の口が怠くなってきてしまう。

「気持ち、いい……ですか……?」

「――ああ」

小さく広瀬が息をつくのが、わかる。

それだけで知里の下腹部には凝《こご》った熱が溜まり、疼《うず》くような感覚が中枢を襲うのだ。

時間をかけて育て上げたそれを、このあとどうすればいいだろう。

「そろそろ、おいで」

困ったように知里が小首を傾げたのを見て、衣服を脱ぎ捨てた広瀬は自分に跨《またが》るように促す。

「こう……?」

「そうだ。おまえの希望通り、そこを虐めてやろう」

低い声で広瀬は囁き、知里の下肢に己の欲望を宛《あてが》う。

「ふぅ……っく……うー……ッ!」

広瀬に腰を引き下ろされると、ずるりと男のものが体内に入り込んでくる。耐え難い痛みに涙が滲み、そしてそれ以上の途方もない悦楽が知里を捉えていた。

「……あ、ぁあ……あっん……」

両手で知里の腰を揺すりながら、広瀬は知里を内側から征服してかかる。

硬い屹立《きつりつ》に内側の肉壁を擦られて、あまりの快楽に自然と涙が溢れた。

彼の首に腕を回し、知里は必死で広瀬にしがみつく。

「やー っ……!」

向かい合った広瀬の膝の上に座らされて、知里はあまりのことに背筋をぴいんと反らせる。

たわむ躰を征服しながら、広瀬はなおも知里の躰を上下に揺すぶった。

「きつくするな。苦しいだろう?」

「……ふか、い……」

すべて飲み込んで、内臓まで広瀬に灼《や》かれているような気がした。

「こんなに美味しそうに咥えて……いけない子だ」

涙がぱたぱたと零れてくるけれど、それはただ痛みを訴えるためだけのものではない。

広瀬の下腹に擦られて、知里の性器は反応を示し、とろりと先走りを滴らせていた。

呼吸も心音も、全部広瀬に伝わっている気がする。

「気持ちいいのか……?」

「い、い…っ、…いい……」

それほどの深部で広瀬と繋がっているという幸福に、知里はうっとりと微笑む。

この不埒《ふらち》な快楽に溺れて、このまま死んでしまいたいくらいだ。

広瀬が身じろぎして襞を擦るたびに、それを前後に動かすたびに、知里の快楽は増した。

「知里」

彼が掠れた声で名前を囁く。

もっと、もっと囁いてほしい。

自分の名前だけを呼んでほしい。

その甘い欲望。

「知里……」

繋がったところから疼きが全身に広がり、広瀬の熱が知里を蕩かしていく気がした。

はちきれそうなほどに膨れ上がった快楽の源が、放出を待っている。

「おまえは、私だけのものだろう……？」

「う、ん……うん、っ」

誰にも渡さない、と広瀬が甘い声で囁く。

「あ、ぁ……ああっ！」

切れ切れに声を発しながらも知里は頂上に引き上げられ、体内にいる広瀬をぎゅうっと締めつけた。

「あきなり、さま……」

熱いものが体内に滲むのを感じて、知里はうっすらと微笑む。

彼の指先に導かれて、教えられて、どこまでもふしだらな生き物に変えられたい。

心も躰も、開くのなら彼だけがいい。それだけでいいから。

エピローグ

「えーっと……右足と左足、どっちが先だっけ？」

「もう忘れたのか？」

知里としては鹿鳴館になんて行きたくなかったのだが、広瀬は広く世界を見るべきだと言って譲らなかった。

鹿鳴館の馬鹿騒ぎがいかに愚かしいものなのか、それを知るのも大事なのだという。

そんなものだろうか？

この日のためにダンスを教えられたのだが、ステップは難しいし、学校も仕事もあって、そのうえダンスなんて言われると頭がおかしくなりそうだった。

秋の木漏《こも》れ日が、ひどく眩しい。

庭の片隅では造園を引き受けた職人たちが一休みをしており、懸命にステップを踏む知里を見ながら笑っている。

この屋敷に来て半年以上が過ぎ、九月から知里は私立の学校に通っている。

学力の問題から、今は年下の子供たちと一緒に勉強しているのだが、そんなことは全然気にならなかった。

昼間は学校に行き、帰ってきてから使用人としての仕事を果たす。広瀬は必要ないと言ってくれるが、その言葉に甘えたりせず、彼に借金を返し終えるまで、知里はそうやって働くつもりだった。

広瀬に腰と腕を取られながら懸命にステップを復習していた知里だったが、疑問に思ったことがあったのでそこで足を止めた。

「どうした？」

「あの…これって、普通は男同士で踊るのかなって」

知里の言葉遣いは以前より発音が少しやわらかくなった程度の変化だったが、人前できちんとした敬語が使えるのなら問題がないと、広瀬は許してくれている。そのことが有り難かった。

広瀬にはいつも、ありのままの知里を見ていてほしかったからだ。

「いや。男女で踊るんだよ」

「……じゃあ、男と女でステップが違うの？」

「そういうことになるな」

「俺、今はどっちを教わっているんですか？」

「勿論、女性のほうのステップだ」

広瀬がそう返答するのを聞いて、知里は目を剝《む》いた。

「な、なんで!?」

「そのうち仮装舞踏会をやるらしい。そのときは、おまえにドレスを着せてやろう」

「ふざけないでくださいっ！」

「今のうちでないと、ドレスも似合わなくなるだろう？」

「今だって十分、似合わないですっ」

知里がそう怒鳴りつけると、何がおかしいのか広瀬は喉を鳴らして笑う。

もうちょっと悪態《あくたい》をついてやりたいのだが、仕事で疲れているであろう広瀬を攻撃するのも躊躇われて、知里は黙り込む。

すると、門のほうから御者がやってきた。

「旦那様。馬車の支度ができました」

そう声をかけられて、広瀬は「行こうか」と振り返った。

入学祝いに広瀬が誂《あつら》えてくれた礼服はさも高級そうで、どこか汚しはしないかと心配になってしまう。そんな知里の顔をじっと見つめて、広瀬は微笑む。

「どうかしました？」

「いや、馬子《まご》にも衣装だな、と」

「………」

知里がぷうっと唇を尖らせてむくれると、彼は「冗談だよ」と笑った。

ここのところで、広瀬はだいぶ印象がやわらかくなったような、そんな気がする。

指先はいつも優しく知里に触れ、そのことが嬉しかった。

二人で馬車に乗り込むと、広瀬が話しかけてきた。

「学校はどうだ？」

「面白いです。勉強もすごく楽しいし」

「将来何をしたいのかは決まったのか？」

「考えているところです」

広瀬は友人である鷹野男爵に頼まれて、新しい洋館を設計しているところだ。

鷹野は広瀬の才能を買っており、設計から建築までを請け負う会社を設立したいと言っている。

そうすれば大工や工員をたくさん雇えるから、貧しい人々が働く場を設《もう》けることもできる、と。

この国の富を一部の人間が使い潰すのは嫌だと、知里のような思いをする人間を増やしたくないと、広瀬は話してくれた。

知里にはまだ自分の能力なんてわからないけど、でも、きっと何かができると信じている。いつか知里が広瀬の仕事を手伝えるよう、一生懸命勉強をしたかった。

「男娼になることだけは認めるつもりはないからな」

「わかってます、それくらい」

知里だって、広瀬以外の人間に触れられるのは真っ平御免だった。

がたがたと揺れていた馬車がそこで停まり、知里は自分たちが鹿鳴館へと着いたことを知る。瓦斯燈《ガスとう》で飾られた通りには人々が笑いさざめきながら歩いており、御者が馬車の扉を開けた。

「どうぞ」

先に降りた広瀬の手を借り、知里は地面へと降り立つ。

ここからすべてが始まったのだ。

広瀬は知里と肩を並べて、門をくぐり抜ける。

「まあ、広瀬様。お久しぶりですわ」

「ええ、仕事を始めたので最近は忙しかったんです」

「今日はまた、随分お可愛らしい方をお連れでいらっしゃること」

館の入り口のところで中年の貴婦人に言われて、広瀬は鷹揚《おうよう》に答えた。

「遠縁の者ですが、今日がお披露目《ひろめ》ですよ。知里、ご挨拶を」

「はじめまして、小田知里と申します。今後ともよろしくお願いいたします」

知里が定型句通りの挨拶をすると、彼女は「こちらこそ」と優しく笑った。

家ではくだけた言葉を使うが、こうした場では丁寧な言葉遣いをしたほうがいいと広瀬に言われている。無論、知里も依存はなかった。

「この館は、イギリス人のコンドルという建築家が設計したんだ」

建物の前に立ち、広瀬はそう説明をする。

「ふうん……なんだか、面白い形に見えますね」

「そうだな。彼としては、あまり出来には納得していないという噂もある」

「秋成様のほうが、もっと素敵なものを作れるのに」

「買いかぶりすぎだ」

楽しげに耳打ちして、広瀬は小さく笑う。

華やかな楽曲は、館内から聞こえてくる。まるで引き込まれるように、知里はそちらへと向かった。

開け放たれた扉から足を踏み入れると、床は美しい磨き板が張られている。壁には上品な壁紙が貼られ、三つに折れた階段は二階へと繋がっているようだ。

音が降ってくる。

まるで天上の音楽みたいだ。

初めて聞いたとき、そう思ったことが甦ってくる。

空から降る音楽。

腰を高く上げたバッスルスタイルの美しい衣装に身を包んだ貴婦人たちが、ドレスの端をそっと持ち上げてお辞儀をしている。礼装の男性の姿も多いが、広瀬はその中でも一番男前だろう。

階段を上がって二階へ行くうちに、音楽は更に大きくなってくる。

二つの扉の一方を選んでそこから中を覗き込むと、広い板張りのホールで、男女がぴったりと身を寄せ合って踊っていた。

「あら、広瀬様のお連れの方……初めて見るわ」

「将来はさぞかしお美しい紳士になりそうですこと」

廊下で休んでいた女性たちのさざめきが知里の耳元にも聞こえてきたが、怯《ひる》むつもりはない。

広瀬のことをもう誰にも取られたりしないとわかっている。

だから、胸を張って歩けばいい。誰にも恥じることなく。

だが、これから大広間に足を踏み入れる段になって知里は緊張し、そこで足を止める。

「——そういえば、ずっと聞こうと思ってたんです」

緊張を解そうと、知里は不意にそう口を開いた。このときばかりは、さすがに敬語だった。

「何を？」

「俺の値段。今なら、一晩いくらにしてくれますか？」

こちらを振り返った広瀬が、改めて手を差し伸べる。

それは、知里を暗闇から救い出したあの優しい手だった。

「値段なんて、つけられない。おまえには、値段などつけられないくらいに価値がある」

そう言いきった彼の声の中に強い決意を感じ取り、知里は思わず微笑む。

知里は背筋を伸ばし、彼の右手に自分のそれを重ねた。

その手を取ったまま、今度は広瀬が尋ねる。

「では、おまえは私に、どれくらいの値段をつけてくれるんだ?」

「そうですね……ワルツ一回分のお相手でどうですか?」

「ここで? 今一緒に踊ってくれるのか?」

悪戯っぽく広瀬に問われて、自分の耳が熱くなるのを感じる。いくらなんでも、そこまでの勇気はさすがになかった。

「家で、です!」

真っ赤になった知里のその答えを聞いて、彼は笑みを浮かべる。

軽く片膝を突いた広瀬は知里の右手に恭《うやうや》しくくちづけ、「では、是非お相手を」と甘い声で囁いた。

POSTSCRIPT

KATSURA IZUMI

こんにちは。大洋図書さんでは初めてお目にかかります。和泉桂です。

縁あってこのノベルズを出していただくことになり、本当に嬉しく思っております。


さて、趣味に突っ走ってしまったお話でしたが、楽しんでいただけたでしょうか？

これればかりは出版されるまでまったくわからないので、一冊書き上げるごとにドキドキしてしまいます。

今回は年の差、主従テイスト、ちょっぴり「マイフェアレディ」系、勢いあまって鹿鳴館――という大好きな設定ばかりを詰め込み、私としてはとても楽しく書かせていただきました。

K`s Cafe URL　http://www.k-izumi.jp/
K`s Cafe ：和泉 桂公式サイト

特に、悪いオトナがいたいけな子供にあれこれいたしてしまうという設定はかなり萌えます。おかげで、調子に乗って色っぽいシーンもついつい力を入れて書きすぎ、煩悩のままに緋襦袢まで出してしまいました。

　時代ものといっても肩の力を抜いて読めるお話を目指したので、少しでも面白いと思っていただけたなら、それだけで嬉しいです。


　では、最後にお世話になった皆様に御礼の言葉を。

　このたびは、以前から一度ご一緒していただけたら……と思っていた佐々成美様に挿絵をお願いできて、とても嬉しかったです。広瀬は格好良く、知里はキュートに描いていただいて、イラストを拝見しながら何度もにやけてしまいました。カラーもため息が出そうになるほどの美しさで感動しました。本当にどうもありがとうございました！

ここに至るまで紆余曲折がありましたが、この本の出版にご尽力くださった佐藤様と、担当のU様にも心から御礼申し上げます。

そして、このノベルズをお手にとってくださった皆様にも感謝の言葉を捧げます。

またどこかでお目にかかれますように。

和泉　桂

甘い雫の満ちる夜

SHY NOVELS83

和泉 桂 著

KATSURA IZUMI

ファンレターの宛先
〒101-0065 東京都千代田区西神田3-3-9大洋ビル3F
(株)大洋図書 SHY NOVELS編集部
「和泉 桂先生」「佐々成美先生」係
皆様のお便りをお待ちしております。

初版第一刷2003年7月4日
第三刷2006年10月19日

発行者 山田章博
発行所 株式会社大洋図書
〒101-0065 東京都千代田区西神田3-3-9大洋ビル
電話03-3263-2424(代表)
〒101-0065 東京都千代田区西神田3-3-9大洋ビル3F
電話03-3556-1352(編集)
イラスト 佐々成美
編集協力 佐藤亜由美
デザイン PLUMAGE design office
カラー印刷 小宮山印刷株式会社
本文印刷 株式会社暁印刷
製本 株式会社暁印刷

ISBN4-8130-1002-4

SHY NOVELS
好評発売中

愛し過ぎた至福　剛しいら　画／新田祐克

「愛してるよ、だから自由にしてやる」千尋が子供の頃から片恋している相手・大樹と恋人になって数カ月、ふたりの関係は微妙なものになっていた。体の関係もこのところ途絶えている。大樹の本当の気持ちが知りたい、そう思った千尋は賭けにでることに…！

華は貴族に手折られる　遠野春日　画／門地かおり

許したのは体だけの筈だったのに!!　由緒ある高塔伯爵家に生まれた葵は、自分が伯爵家の人間であることを誇りに生きていた。伯爵家が財産を騙しとられるまでは…　そして、貴族嫌いの傲慢な男、速見桐梧を知るまでは…　貴族嫌いの男に買われた御曹子の運命は!?

ラブ・マイナス・ゼロ　榊　花月　画／夢花李

好きなヤツがいるってホント？　高校生の詠兎は親友の清野由のことはなんでも知っているつもりだった。少なくとも、学校生活においては。それなのに、由に自分の知らない好きな相手がいたと聞かされてショックを受ける。そんなの知らない！　それって、誰？